だいわ文庫

飲んだら、酔うたら

椎名誠

大和書房

はじまりは乾杯
～まえがきにかえて～

人生では酒にたすけられる瞬間というものがある。

一九八三年。冬。ぼくはチリの軍艦リエンタール号に乗って行き先も日程も知らない南への航海に出ていた。マゼラン海峡からビーグル水道、といったマゼランやダーウィンの本でくりかえし読んでいた悪魔の海峡だ。ぼくは三十代のおわり頃。かなり気の重い旅だった。神経の不安定になった妻を残し、果してその調子がよくなるかどうかわからないままに日本を出てきてしまった旅だった。いまと違って一ヵ月は無線連絡もとれない。

そのときリエンタール号の水兵たちが、浮かない顔でいるぼくを励ます会をひらいてくれた。ビールで乾杯し、みんなが歌を歌ってくれる。おれたちは海をどんどん切り裂いていくぞ、こわいものなんかないぞ……というような歌だった。歌詞を聞いてメロディに乗ってビールを何本か飲んで酔っていった。じわじわと元気になる酔いだった。

甲板に出ると軍艦鳥が鋭角的に羽根をひろげて、おれたちも見ているぞ、というふうに我々の船のあとをついてきているのがわかった。

もうひとつは、人生の旅の目標のひとつであった楼蘭《ろうらん》・ロプノール探検隊の一員として無事目的を果たし、拠点であるカシュガルに到着して、ブドウ棚の下で飲んだ赤いワインの陶然とするような月の夜の味だった。一九八八年。ぼくは四十代の半ばをむかえていた。まだまだ行くべきところがいっぱいあるな。いい乾杯がいっぱいしたいな。熱風の酔いのなかでそう思った。

飲んだら、酔うたら　目次

第1章　世界のあちこちでこんなサケを飲んできた

第2章

シングルモルトウイスキーの旅

第1章

世界のあちこちでこんなサケを飲んできた

いろんな国を旅してきた。

驚くべきはどんな国にもサケがあった。

その国のいろんな環境や国民性によってさまざまなサケがあった。まったくサケのないところもあった(嗚呼)。反対にサケばかりでサケが空中を流れているような国もあった。

それらの国々のいろんなサケの作り方、飲み方を体験し、その国らしい酔い方をしてきた。

ビールが天地の神サマだった貧しいぼくらの「黄金時代」

こんな苦いもの

「キタ・セクスアリス」じゃないけれど、わがサケまみれ人生の思いだせるかぎりのことを書いてみよう、というのがこの章のまじめなテーマだ。

よくあるように子供の頃に出会うサケの風景は、来客があったときなどに家で開かれる酒宴だ。そこで一番気になっていたのはやはり「ビール」だった。

大人たちがみんな嬉しそうにビールを飲んでいる。それが非常に気になった。

宴がすんでみんな客間からいっとき消えたときなどに、残っているビールを飲んでみたが、苦いだけでうまくもなんともなかった。

まだ小学生時代の頃だからここで「プハーッ！　うめえ！」などという感想をもったら問題だったが……。

多くの子供がそんなつまり本当の「苦い体験」をして、なんだこんなものか、と思ったコトだろう。ぼくも同じ感想だった。一度そういうことがわかってしまうとビールへの巨大な興味はうせた。

泳いで飲みにいく

はじめて「酔った」体験をしたのは中学一年のときだった。その頃ぼくは千葉の幕張に住んでいた。いまの幕張メッセのあるところに広大な砂浜と干潟が広がっていた古きよき時代である。

同じ中学生の仲間と夏の夜によく海岸に行った。当時そのあたりは「汐干狩り」がさかんでアサリはいつでも

ザクザク、ハマグリ、赤貝、マテ貝、トリ貝などの寿司ネタも簡単にとれた。

　ハマグリは沖に行って水中メガネをつけて二〜三メートル潜っていくと地面に「ハマグリの目」というのが見えてきて、それを目指して竹ベラで砂を掘ると容易に六〜七センチのハマグリを引っぱり出せた。ぼくたちが「ハマグリの目」と呼んでいたのはハマグリの海

この日かげの下で
お客さんはくつろぐ
このへんはずーっと海
取りはずし自由の海へのハシゴ。
夜は天井に吊るされる
昭和30年代の 幕張の海の家

水吸入と排泄の穴だったのだろう。だから汐がひいて砂地になってしまうともう居場所はわからず、まぐれ以外ではとれない。

　背のたたないところをカワウソ（我々の場合はウミウソか）のようにくるくる潜ってまわらないとハマグリの大量捕りはできない。観光客には無理な高等技だった。

　いろんな海に慣れていたので、夜になると閉鎖されている海水浴客や汐

干狩り客のための休憩所に忍びこんだ。海の中に迫《せ》り出して作ってあるので汐が満ちているると胸ぐらいの深さになる。泳いでいって柱からよじ登って侵入した。海猿だ。

最初は、そういう隔絶されたところでみんなでダベっている、という程度の動機だったのだが海の休憩所にはかならず売店がある。あるときなんの気なしにあけたドアの横が戸板でふさがれた売店だった。そこには当然いろんなものがある。

ビールがあった。

「おー」と歓声をあげたのは、そのとき七〜八人いたなかの三人ぐらいだった。いま思えば、そのときの顔ぶれは後年、みんな「のんべえ」になっている。

当時はまだ瓶ビールのみだった。銘柄は覚えていない。だいいち銘柄なんかに興味のないガキばかりだったのだ。

四〜五本持ってきて、昼間は汐干狩り客で賑わう風通しのいいくつろぎの場みたいなところでクルマ座になり、その真ん中にビール瓶を置いた。栓抜きというものがなかったが、何人かが自分の犬歯で栓をあけた。それからみんなでラッパ飲み、回し飲みがはじまった。ぼくもそうだったが、思うにおそらく、その場のみんな、生まれてはじめてゴクゴク飲んだビールだったのだろうと思う。

冷えているわけでもなく、やっぱり苦いし、正直な話、そんなにうまいわけではなかったが、同年齢のカッコづけとか集団心理などがまざりあっていたのだろう。

夜の海風の真ん中で

結局その四〜五本をみんな飲んでしまった。夜の真ん中。ここちのいい海風が常に流れている。あまりのここちよさに一時間もしないうちにみんな酔っていた。なんだか妙に楽しい気持ちになって、すぐに意味もなくゲラゲラ笑っていた。

みんな同じ歳。そのときの親友の一人にY君がいた。彼は高校でボクシング部に入り、高校の全国チャンピオン、大学でも全日本チャンピオンになり、結果的に一九六四年の東京オリンピックのライトウェルター級の日本代表になった。

彼とは親友だったがぼくは柔道部にすすみ、その後、彼への対抗的精神があってぼくは町のボクシングジムに入った。でもどちらもぼくのほうはモノにならず、結局街でケンカばかりしていた。

そういう青春の思い出の源がそこにある。冷えていないビールはいつまでたっても苦いだけで決してうまくはなかったけれど。

なぜY君の話をしたかというと、その夜、彼はみんなと同じように酔って、海の休憩所の床の大きなフシ穴を覗き「海が見えるよお。ここから海が見えて、太陽も出ているよお」と気持ちよさそうに言っていたのをよく覚えているからだ。

そのY君は、いまはコスタリカに住んでおり、10年ほど前に久しぶりに日本に帰ってきたのだが、残念ながら互いに激しく移動していたようでついにあえずじまいだった。あえるときにあっておかないと、次いつあえるか、とぼくは焦ったのだが。

酔って泳いで陸に帰る

とにかくビールに酔う、というのはとてもいい気持ちなのだ、ということをその海の夜で、仲間とともにはじめて知ったのである。それにしても夜はさらに汐が満ちてくる。わずか一〇〇メートル程度といえども生まれてはじめて酔っぱらった十六歳の少年たちが真っ暗な夜の海を泳いで陸に帰ってきたのだから我々のまわりは「無謀バカ」の文字が踊っていただろう。

まあこんなふうにして「禁断の味とヨロコビ」を早くに知ってしまい、我々は同時にはたちになっていく。青春大バカ物語のはじまりだ。

そのあたりのことは『哀愁の町に霧が降るのだ』という三部作の本に書いているのでくわしくはくりかえさない。その頃は「冷たいビール」は砂金の一合と一緒だった。

ぼくは沢野ひとし、木村晋介、高橋イサオという同年齢の四人で江戸川区小岩のオンボロアパートで、意味のない共同生活をおくっていた。カネがないから自炊生活で、みんなサケが好きだったけれど、カネがないから冷たいビールはめったに飲めなかった。部屋に冷蔵庫というものがなかったのだ。当時は冷たいビールを飲める自動販売機もなかった。もちろんコンビニもなかった。あったとしてもそこで何か買う余裕のカネが常になかった。

各自のアルバイトなどで部屋代や電気代をだし、残ったカネでせいぜい飲めたのはトリスかニッカの三百三十円の丸ビンか、やはり三百三十円の合成酒だった。木村が日本酒が好きだったのでその合成酒をよく買った。

もう知らない人のほうが多いだろうけれど、合成酒とはコメを一切使わないで作ったニセの日本酒である。いま調べると糖類やアミノ酸類などの調味料、食塩、グリセリン、色素というようなものをまぜて作った理科の化学実験室から生まれたようなケミカル的「飲み物」で、当然ながらコクもなければアジも深味もキレもなかった。つまりは果てしなくまずい。冷蔵庫がないので冷やせなかったが燗をつけると実験みたいになってビーカーから飲んだほうがいいような気分になった。

サバナベ大宴会

でも飲めば酔うから当時はこれで宴会をした。肴はパチンコが一番うまい沢野に百円玉を一個持たせ「何かカンヅメ景品を得るまで死んでも帰るな」と言ってソトにだした。彼はけっこう勝負強く、たいていサバ缶なんかを五〜六個とってきて数分間の英雄となった。

あるとき我々の共通の恩師が訪ねてきたときコタツやガリバンや毛布なんかを全部質にもっていって（毛布は断られた）僅かなカネを作り、本物の清酒を買った。ビールは超高級品で無念ながら手がでなかった。

サバ缶を少し水の入った鍋にいれ、屑野菜を煮て味噌で味をつけた「サバナベ」（ナベサダじゃないのね）が当時のおれたちの最高級料理であったからそれを作り、先生をお迎えした。先生は合成酒がなくなるとポンと千円をだしてなにか酒と肴の追加を、と言ってくれたので後半は西洋風にしよう、といってトリス三百三十円と、鳥ガラと屑野菜にハルサメを買ってきて洋風水炊きというものを作った。うまかった。

木村に仕送りがあって気もイブクロも大きくなったあるとき、木村とぼくとどっちがサケに強いのか、のタタカイをしたことがある。当時、沢野と高橋は、ぼくたちの半分ぐらい飲んですぐゲロを吐くので、貴重なものを！　と怒って木村が、

「飲むなら吐くな！」

「吐くなら飲むな！」

の大オフレを紙に書いて部屋に貼った。

木村との決闘

アルバイトのお金が入ったので、その日は一人に日本酒一升がくばられ、いろんなこ

とをいいながら茶碗で飲んでいった。

二時間ぐらいほぼ同じペースで飲んだが、そのうちに木村は「シーナよ、お前はホントいい奴だなあ」などと言いながらいきなりぼくにビンタをしてきた。乱れ酔いの顕著なタイドである。ぼくはまわりで沢野と高橋がしっかり見ているのを確認し、さらに積極的にビンタをされた。

「おまえはいい奴だなあ」

と言いつつ木村は二、三発ぼくの顔に本気のビンタをした。その頃には双方の酒はそろそろカラになっていたので、殴られながら、ぼくは「この勝負、おれが勝った！」と、ひそかに喜んでいたのだった。

あの頃ぼくはウイスキーなら軽く一本、ビールだったら大瓶十二本は飲めた。ただしビールは高級品だし、十二本あっても夏などどんどん生ぬるくなってしまうので十二本をそんなに早く飲むのはもったいなく、買うことも試すこともなかった。その後、サラリーマン時代に社員旅行の宴会で六本連続飲み、というのをやったことがあるが……。

二年半の四人の男たちの共同生活は、ぼくの人生の「黄金時代」である。

なんで四人集まっていたのかいまだに真意は謎だが、ぼくがその頃作っていたガリバン雑誌の編集部にしよう、などというのが最初の動機で、木村や沢野がそれに巻き込まれたのが真相だ。ぼくの人生は、絶えずそんなことを考え、大勢の友達を半ば暴力的にかき集めみんなに迷惑をかける、ということの連続だった。

よあけのひえひえピザ

二年半、貧しかったが楽しいこともたくさんあった。とくにその頃、みんなで生活費をかせぐために交代でやっていた六本木の、当時日本で一番カッコいい店といわれたピザレストラン「ニコラス」の夜の皿洗いのアルバイトは刺激的だった。皿洗い場は地下にあった。青春時代のぼくにとっての六本木は湿って冷たい地下室の思い出しかない。

客席にはその時代の超有名人がきている。当時の東京にはまだ合法的な終夜営業は珍しかった。ぼくたちは客の残したピザは新聞紙にくるんで持ちかえってよかった。朝がたアパートのボロ布団にくるまって寝ている奴の朝飯にしてやる。あの時代、江戸川区で朝飯にピザを食っていた若者は我々ぐらいなものだろうと思う。

その頃の毎日の出来事は書けることだけは書いた。さっき紹介した『哀愁の町に霧が降るのだ』（元本は新潮文庫、小学館文庫で復刻された）も、これはオリジナルが六十刷りぐらいいっているから、ずいぶん大勢の人に読まれた昭和のダメダメ・プロレタリアブンガクなのである。

その本に書いてしまっているので、最後にやはり書いておくが、ある日、真夜中、ぼくと木村はどうしてもビールを飲みたくなって、近くの酒屋の倉庫に侵入した。このときはぼくが首謀者だった。知恵はないが体力だけはあるぼくは懸垂の要領で裏門を乗り越え、内側の鍵をあけて共犯者（やがての弁護士）を中に引き入れた。ぼくは侵入好きなのだ。母屋にくっついている物置から当座必要と思った大瓶二本を持ってニゲタ。そうしてアパートの部屋でそのぬるいビールで乾杯した。サントリービールであった。

それから一年ほどして我々四人はアパートから別々の世界に散っていった。みんな人生のことに真剣にたちむかっていかないと、という厳しい事態の到来を個人的に知っていったのだ。それから幾星霜。

盗んだビールのコマーシャル

自分とサケのことについてちゃんと書いておかねばならないのは、モノカキになって世の中に出てきてからのことで、木村は二十三歳で司法試験に合格していた。そうしてある日、かつておれたちがドロボウに入った酒屋に二人で詫びに行った。酒屋のおかみさんはいい人で、そういうときは雨戸を叩きなさいよ、冷たいビール二本ぐらいなら学生さんのためにカンパしますよ、沢山いるならツケでもよかったし、と言ってくれた。もっと早く言ってくれたらなあ。

さらになにかの流れのなかで、ぼくがあるビールメーカーのコマーシャルに出ることになった。契約は二年。

仕事でビールを飲めるんならいい話だ、と思った。そのとき「おっ」と思ったのはそのビールメーカーがサントリーだったことだ。

それの最初のテレビCMが日本全国に流れたとき、司法修習生として長崎にいた木村から電話がきて「自分が盗んだビールのコマーシャルに出ているのはおそらくお前がはじめてだろう」と笑いながら言っていた。

その最初のCMの撮影は徳之島で行われた。ぼくがバカ面をして釣りをしていると後ろからノラネコがやってきてぼくの釣った魚を持っていってしまう、というエピソードだった。夏の放映にあわせるから撮影は二月だ。Tシャツ一枚のぼくは朝から撮影のため堤防の突端にすわり海風にフルエタ。それでもビールをおいしそうに飲むしかない。はやく終わらせたかったが、近頃のネコは甘やかされているので、ちゃんと焼いたり煮

つけされているサカナでないとなかなか関心を示さず、生かじりしないのだ。ネコは脚本を読まないからねえ。

結局三十秒間のCM撮影に一週間かかった。ぼくは朝から堤防の突端にあぐらをかき「撮影のため」と言ってビールをひたすら飲んでいればよかったのだが、その日の撮影が終了し、全スタッフ（六十人ぐらいいた）が集まって「ご苦労さま、では乾杯」というときにぼく一人だけ酔ってできあがっているのが悲しかった。

このCMシリーズは好評で、あるバージョンでは「ビールをまわせー、底まで飲もおー」というCMソングがカラオケにまでなってはやったことがあった。

ある店に行ったら偶然その歌がはじまるところにぼくが入っていったので「わああい！」なんてことになった。「飲め」とすすめられれば、

ぼくのなかで永遠の高級酒であるビールは絶対断らず、しまいにはたいてい酔っていた。いまでも毎日酔っているのはかわらないが、当時を振り返れば量を飲んでいるわりにはおとなしい静かなサケになっている。

メキシコ・マリアッチ広場の電気テキーラにおれはシビレワニと化した

ドス・セルベッサだべよ

アメリカのロスアンゼルスからココロはもうメキシコの青い空、白い雲（たぶん）、藍色の海（たぶん）に頭を占領されていた。

乗った飛行機がメキシコのものだったのでなおさらだ。

スチュワーデスはみんな美しく、飛行機が空中にあがったとたん、どんどんビールを持ってくる。ビールはスペイン語で「セレベッサ」だ。

外国のビールは中国と韓国とミャンマーを除いてほとんど小瓶なのですぐに飲んでしまうから、ぼくはかならずその国の「2」を覚えておくことにしている。とりあえず

「1」は必要なく「3」もまあいい。

「ビール2本!」

この基本線は常に守りたい。

「ドス・セルベッサ」(その下にポルファボールをつけるようになったのはもっとあとのことだ)

メキシコに到着したら、まずテキーラのお勉強をするためにテキーラ村へバスで行った。よく南米の映画に出てくるような屋根の上に乗客の荷物を全部乗せ、窓からいろんな袋をぶらさげたりしているオンボロバス。窓は全開、砂埃をまき散らして走っていくバスである。

村に近づいていくにつれて濃厚になっていくテキーラの臭い。空気がテキーラなんて強烈である。呼吸をしているだけで酔っていくのだろうか。

テキーラはよくサボテンから作られる、などというがあれは嘘で、正確にはリュウゼツランが原料だ。竜舌蘭と書く。沢山の種類があるそうだがテキーラ村に群生しているのはまさしく竜の舌のようなごついとげとげの葉っぱなのですぐわかる。思いがけなくでかいやつでこれをいろんな方法で掘り出し、葉を取った茎や根塊をつかう。

この原材料をこまかくしてムロに入れる。ムロの中は温度、湿度ともに高く、二日目には六十五〜八十度ぐらいになり、自然発酵する。テキーラ村の中はどこも同じ臭いがするが、あれは空中を常にトンでいる酵母の匂いもまじっているのだろうと思う。ムロから出したものをローラーで搾り、水を少し加えて二十四〜三十度で発酵をストップさせる。この段階がプルケと呼ばれる醸造酒。プルケはもともとはインカ帝国の神なる貴重な酒だったという。

プルケは醸造酒だから、それではアルコール度がまだ低いのだろう。これをさらに蒸溜する。醸造酒を蒸溜すると確実にアルコール濃度が増す。

メキシコ人がこの段階のプルケを飲まないのはたぶんまずいから、ということもあるような気がする。

トマトと唐辛子がテキーラの友

プルケを単式のポット・スチールで蒸溜したものをメスカルと呼ぶ。このテキーラ村で作られたメスカルが本物の「テキーラ」なのだ。通常は五十五度から六十度。岩塩や

テキーラのつくりかた
原料のMaguey（リュウゼツラン）はびっくりするほど大きい。
こいつがさがるんだ!!
ひっぱれ!
アミーゴとテキトウにくだく
この部分を掘りおこし使う。
あつい蒸室に入れる。
暑いぜ
ローラーにかけて溶液をとる。
水を加える

青トウガラシ、レモンなどを肴（ジュース）にして飲む、ということをよくやっていた。

あちこちにバーがあり、ぼくはそこで九十度のテキーラの神様とかいうのを飲まされた。もちろんストレートでは飲めない。青トウガラシをいれたトマトジュースで割って飲む。それでも口の中にいれたとたん凶悪なサケだということがわかる。テキーラのジュース割りを飲んだあと初心者はトマトを丸かじりするといい、と教えられた。

ロシア人がウオトカを口の中に放り投げたあとによくトマトを丸かじりしているのを見たが、強い蒸溜酒とトマトはなにか「怪しい相性」があるのかもしれない。このことはメキシコに行ってだいぶたってから知ったのだが、こういう知識があるのとないのでは、こと強い「サケ」に関してはそうとう事情がちがってくる、ということを書いておきたい。

話は前後するが、アホなぼくはメキシコシティに最初についたその日から失敗していた。

メキシコだったらまず行ってみなさい、と言われていたガリバルディ広場、通称「マリアッチ広場」と呼ばれているところで最初の酒宴に突入したのだが、メキシコ人はもともと陽気である。男も女も明るくて歌と踊りが大好きで、そのあたり一帯が「酔っぱらいじゃないと人間じゃない」というような雰囲気になっている。

ちゃんとした建物と大きな天幕を張った場所とまるっきりの露天と、飲む場所はいろいろある。みんなビールかテキーラか、安そうなブランディのカクテルを飲んでいる。

マリアッチにあおられて

ぼくはまずビールを飲んだ。大きなジョッキになみなみと注がれた生ビールの泡をまきちらしながらもう半分踊りながらやってくるウェイトレスからそれを渡される。

メキシコの女性はみんなきれいだ。化粧も濃い。ぼくはまだ三十代ぐらいで化粧の濃い女性がわりあい好きだった。

いやでも気持ちは浮き立っていく。三十代の頃のぼくは同時にめちゃくちゃサケが強かった。好きなビールなんぞいくらでも際限なく飲める、という気分だった。実際飲めたのだ。そのうちに大きなソンブレロをかぶったメキシコの男たちがやってきた。彼らはたいてい七人組でギターやトランペットなどのいろいろ派手な楽器を持っている。その連中が餌食とばかりぼくの座っているテーブルを囲んだ。

マリアッチだ。

マリアッチ広場にきて飲んでいるのだから彼らの歌と演奏を聞いて飲むのは当然のしあわせである。

いろんな曲をやってくれたが「サクラサクラ」をすぐやるのには困った。いろんなグループが次々にやってくるのだがやっぱり「サクラサクラ」か「スキヤキソング（上を向いて歩こう）」だ。

「日本の歌はもういいから、あんたらの得意な歌をやってくれ、アミーゴ」といったら「シェリト・リンド」をやってくれた。

生ビールをしこたま飲んだあとはテキーラだが、これは種類と飲み方によって濃度がいろいろある。ジュースをまぜる観光客もいるがそのうちに煽てられて調子に乗ってぼくはストレートでテキーラを飲むようになっていった。これはじっくり味わう、というような飲み方ではなく口を大きくあけてグラスのなかの全部のテキーラをほうりこむ、というアホバカ的飲み方になる。

ドン・コルレオーネが現れた

そんなふうにしてどんどん飲んでいるとメキシコ人とは顔つきの違う中年の男女連れがやってきて「お前たちはどこからきた」などと笑わない顔で言った。「なんだなんだ」。中年男女は「我々はスペイン人だ」とエラソーに言った。スペイン人といったらこのあたり各国にまたがって南米諸国を征服支配したコノヤロ国だ。

おしゃれでパリッとしたスーツ姿の親父はドン・コルレオーネふうだ。その口調があまりにもえらそうなので、

「こっちは日本人だい、このやろう」

と答えた。「日本人だい」までは英語で「このやろう」は日本語だ。

するとコルレオーネははじめて頬をゆるめ、

「そうか、中国人でも韓国人でもなかったか」

と言った。なぜだかわからないが、ダントツに日本人は好意をもって迎えられることがよくある。

コルレオーネの連れ合い（マダム）が、やっぱり笑顔になって「みんなでカンパイよ」などと顔より口を大きくして盛大にもりあげた。それから「おれたち全員アミーゴ」ということになってさらにビール、テキーラ、ブランディのコーク割りなんかがずんずん出てきてみんなでずんずん飲んだ。

そのうちマダムが「ここにはいろんな国の人がいるんだからもっと全員全身でアミーゴになろう」とかなんとか言いだした。何をどうすれば全員全身アミーゴになれるのかわからない。

電気でアミーゴ

マダムに何か大きな声で呼ばれて、この暑いのにポンチョ姿の親父があらわれた。手になにか機械のようなものを持っている。

「電気屋だ」と誰かが教えてくれた。

そいつが持ってきた機械のようなものには電球があり左と右の端にコードがついている。我々は手をつないで十人ぐらいの輪を作った。そのコードのムキダシになった銅線を片一方の端の一人が掴み、丸い輪を作った我々はみんなで手を握りあう。そうしてもう一方の端の人がムキダシになっているもう一方の銅線を握る。片一方は電気のプラス、片一方はマイナスになっているようだ。なんだかわからないけれど輪を作ったわしらアミーゴは手を繋ぐ。みんなきちんと固く手を結ばないとデンキのシビレが強くなってしまうから必ずギュッと握りなさい、などとマダムが言う。アミーゴのアミーゴ度合いが試されるというわけだ。

　相変わらずなんだかわからないけれど言われるとおりにしていたら、そのうちにポンチョ親父が機械のスイッチをいれた。

　全員が伝導体になって電気が体の中を流れるらしい。ウキャ！ヒェエ、などという声が聞こえる。これは繋いだ手と手の接触が緩いとそこがより電気にシビレルらしい。つまりアミーゴ度合いが少ない、ということになるらしい。やがてその電気男の怪しい機械の上のハダカ電球がポワーンと赤くなった。

電気男をまん中にアミーゴが手をつなぐ

たしかに左右の手のあたりがビリビリしているのを感じた。でもそんなに恐れることはなく、酔った体にはなんだか刺激的でキモチいい。これがマリアッチ広場の「電気アミーゴの輪」というものらしかった。みんな電気を通されてなんだか嬉しくなって「電気男」に進んでチップをあげた。あとで考えると、あのドン・コルレオーネもでかロマダムも「電気男」の一味だったのかもしれない。

電気ワニは三度死んだ

よく日の午前三時頃、おれは突然ベッドからガバッと起きた。強烈な頭痛でアタマを地面から五〇センチより上にあげると傷んだスイカみたいにたちまち割れるような気がした。

頭をさげつつベッドからヌラヌラ降りる。ホテル・アルメーダのおれの部屋は十一階にあった。

そのままワニ這《ば》いで洗面所にじわじわ接近し、便器にしがみついてゲロを吐いた。あれは疲労する。そのままゲロ死した。でも十五分ぐらいで生き返り、ベッドまでまたワニ這い歩行で進み、ベッドの下でまた死んだ。十五分ぐらいしてまた生き返りまたトイレに這いすすみ、ゲロをして十五分死んだ。

バカ者のおれはマリアッチ広場が標高二三〇〇メートルの高地にある、ということをすっかり忘れていて、飲みまくっていたのだった。サケは高地になると酔いがより深くなる。早い話、いくら気密化されているといっても飛行機で飲むとやたら短時間でいい気持ちになって寝てしまう。だから本当の高地に挑む登山家はサケを飲まないようだ。

この移動ゲロ吐きの苦しみは朝方まで続きその苦しみの度合いはいつまでもかわらなかった。ホテル・アルメーダは面白い造りで広い大きな窓が部屋の一番下まで開いてしまう。四〇センチぐらいの仕切りのむこうはメキシコの美しい夜景の天国なのだ。

おれはこのときあまりの二日酔いの苦しさから逃れるために、なんど「いっそのこと」と思っただろうか。

そこから上半身をもう少し空中に出して「アディオス…………！」と力なく言いながら朝方のメヒコの空中に飛んでいけば、この苦しみからとりあえず解放されるのだ――という魅惑的な誘惑はかなり本格的であった。

「よし、いっそのこと！」

爛《ただ》れたスイカ頭はなんどそう思ったことだろう。

しかし「よく考えなさい」と、そのときマリアさまが現れて言った。

「苦しいのは、いまいっときのことなのよ。あと数時間も耐えていればあなたはアホとはいえど、時間の経過によってまたちゃんとワニから人間になって洗面所まで自分で歩いていけるんや。もう少し耐えなさい。こんな浮世のアホな苦しみ、ちゃんと自分の責任で耐えていけば、明日からの人生をもうすこし注意深く生きていけるんやで」

なぜかところどころで関西弁を使うマリアさまはたしか、そう言ったのだった。

一日平均二十五万人が毎日がぶ飲み
——オクトーバフェストのビール天国

ビール飲め飲め行進曲のなかで

ミュンヘンで毎年行われている十月ビール祭りだ。ビール好きで知らない人はいないだろう。

ぼくが行ったときは二十四日間の開催で、午前十一時から夜十一時まで、ミュンヘンのそれ用の巨大な広場に臨時巨大ビアホールが作られる。サーカスのテントのようなもので八百人から千五百人入れるものまでさまざまだが、十張り以上作られる。

どのテントでもステージの上に音楽隊がいて、午前中からとてつもなく元気な、胸とそしてトーゼン喉とイブクロが沸き立つような音楽をやっている。

主に行進曲的なもので、つまりはまあ「ビールのめのめ行進曲」だ。楽隊のいるステージがテントの真ん中にあると、ちょうどプロレスのリングみたいな感じになる。

そのまわりにつまりはひとつのビアテントあたり八百人から千五百人の「ビール命」の人々が座ってわあわあ飲んでいる、というわけだ。ウェイトレスはいかにも力のありそうなおばちゃん系が多く、一人で六〜七個の生ビール満杯の大ジョッキを持ってくる。持ち方とその組み合わせの技は簡単には習得できないらしい。

みんなよく飲み、女性で平均一一リットルといっていた。親父は当然倒れるまで飲む。このフェスティバルは一八一〇年から始まった。毎年二百万人がやってくるそうだ。

飲んでいるスケールも凄いが、人間は飲んだものは出さない（つまり小便をしない）と追加飲酒の継続はない。ぼくがこの世界最大のビール祭りで一番感動したのが、各巨大テント式ビアホールに作られている仮設トイレだった。

平均千人が十一時から十一時まで飲んでいるのだからその出る量もなまじっかなものではない。たぶんミュンヘンのこの一日二十五万人が飲んでいるエリアの近くには「臨時小便川のような下水道」ができているのだろうと思う。

最初、仮設トイレに行ったときその広さに驚いた。まあ常時百人から二百人が小便をしているのだから当然だが、ドイツ人はやっぱりアタマいい、と思ったのは、日本でいう「アサガオ」などというとりつけ面倒な個人用のものはなく、学校の教室を三個つなげたような仮設便所の壁に大きな雨樋のようなものが少しずつ角度をつけて「コ」の字型に打ちつけてある。

小便は自分の好みの高さのところを選んでやる。こうすれば背のひくい人も大丈夫。水洗ということではなく、小便たちは自分たちで力を合わせて上流から流れてくる。さっき飲んだのと同じような色をしたものが樋の中を濁流のようにして流れてくるのを見るのはある種の感動である。人間というものは結局は一本のパイプでできているのだ、ということを再確認させてくれる。

夜霧よ今夜も

いろいろ感動、感心しながら最初の「すっきり感」をあじわい、出ていこうとするとき何気なく天井を見上げた。仮設トイレだから天井からさがっているのはハダカ電球だ。そのまわりがいい具合にぼやけて、なかには金色の光芒を発した神々《こうごう》しい色あいのものもある。港町でときおり見る夜霧の中の街灯のようだ。

なかなかうつくしい。

そうか飲み続けているうちに気がつかなかったがもう夜になり夜霧が発生しているのか、と思って腕時計をみたがまだ午後四時少しである。夕霧という時間でもない。

このトイレにさらに何度かきてやっと理解した。

あの夜霧と思えたのは我々が絶え間なく放流している小便が雨樋にぶつかって飛散し、それがついに部屋一杯に広がっている「人工霧」のようなものだったのだ。

「人工霧」というと聞こえはいいが、要は濃密な小便霧である。

「感動」とは少しちがう。さりとて「用心」ともちがう。だいいち「用心」してもしょうがない。三〜四時間も飲んで六〜七回このトイレに通えば頭から全身の服まで確実に小便の霧にまみれているだろう。

いいのだ。これは我々が全員力を合わせて行っている人工霧生産活動であり、夜ともなればこれだって間違いなく夜霧となる。夜霧よ今夜もありがとう——でいいのだ。

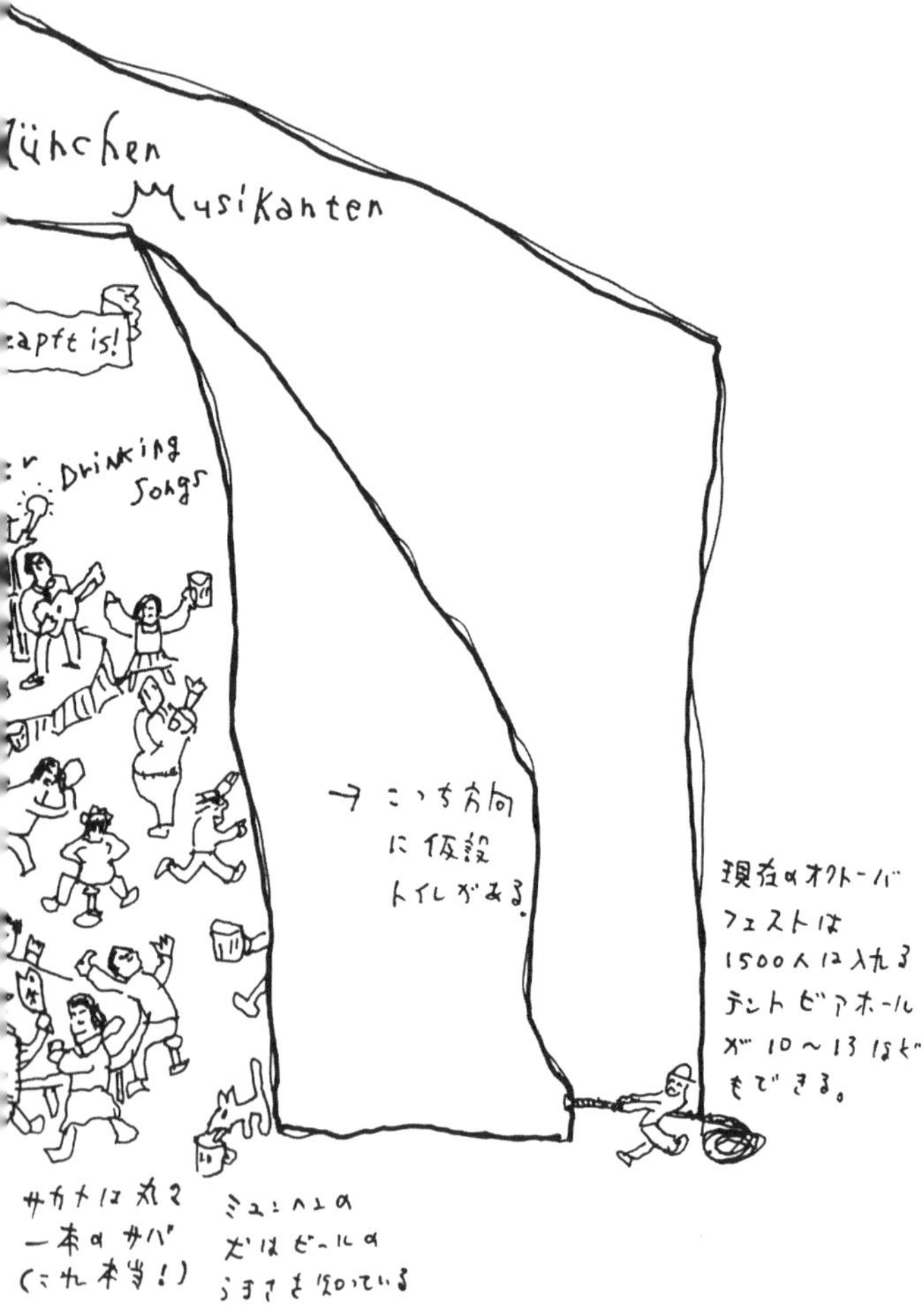
ünchen
Musikanten
apft is!
Drinking Songs
→こっち方向に仮設トイレがある。
現在のオクトーバフェストは1500人は入れるテントビアホールが10〜13ほどもできる。

サカナは丸ごと一本のサバ（これ本当！）

ミュンヘンの犬はビールのうまさを知っている

1920年頃のミュンヘン
オクトーバフェスト
(想像図)
ナイフ片手に
飲みくらべの決斗
をしている
うれしくて飲みすぎた
魔女も
とべない
酔った美女
を介抱する
フリをしておそ
いかかる男
ひとりで
しずかに吐く
Schö Maid
一人で
ジョッキ
6〜7杯
は はこぶ
こういう
デタラメおどりが多い

尼僧ビール工場へ

ミュンヘンには六千のビールがあるという。ビールの銘柄ではなく六千種類のビール

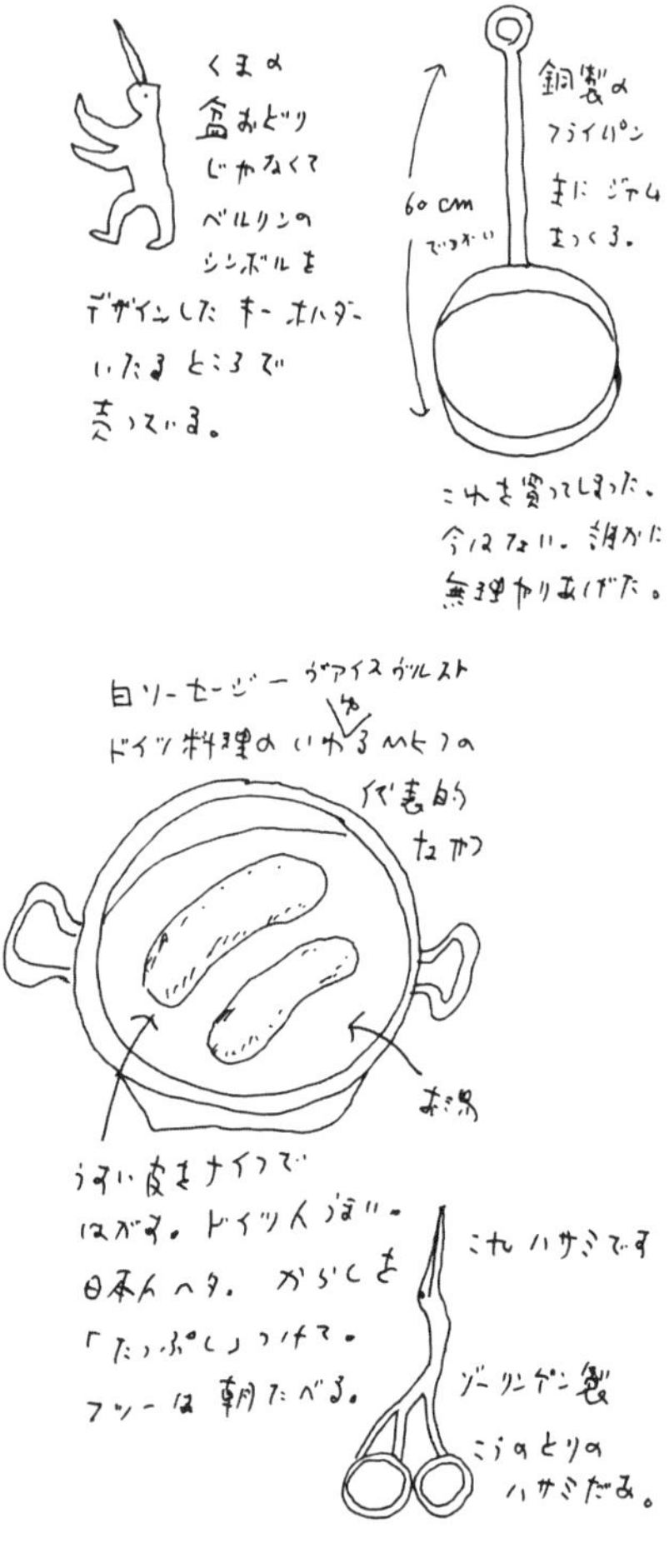
くまの
盆おどり
じゃなくて
ベルリンの
シンボルを
デザインした キーホルダー
いたるところで
売っている。
銅製の
フライパン
主に ジャム
をつくる。
60cm
でっかい
これを買ってしまった。
今はない。誰かに
無理やりあげた。
白ソーセージ ヴァイスヴルスト
ドイツ料理のいわゆるひとつの
代表的
なやつ
お湯
うすい皮をナイフで
はがす。ドイツ人っぽい。
日本人ヘタ。からしを
「たっぷし」つけて。
フツーは朝たべる。
これハサミです
ゾーリンゲン製
こうのとりの
ハサミだね。

を作っている工場があるという意味だ。

そのなかには従業員二〜三人という家庭工場みたいなものも含まれているから、日本でいう地ビールをもっと規制緩和して家庭で作っているビールを市場に出している程度のものも多いようだった。

そのなかに修道院ビールというのがあった。めったに見られるものではない、と直感し、急いで訪ねていくと、意外にあっさり許可してくれて工場の中を案内してくれた。

そこでは尼僧の姿をした本当の尼僧がビール作りの仕事をしているのだった。

同時にパンも毎朝焼いていて、二人の尼僧職人は、毎朝できたてのビールと焼きたてのパンをリヤカーにのせて町に売りにいく。

ひとむかし前の日本の納豆屋さんのようなもので、ドイツは朝にできたてのビールを飲む人がけっこういる。牛乳のようにできたてビールの配達をやっている工場もある。

朝ではなかったが、めったに見ることはないであろう尼僧ビール工場見学のお礼として、その日できたビールとパンをたくさん買って、帰り道の小さな森のはしっこに立ってパンをサカナにできたてビールを飲んでいたら大きな買い物籠を持ったおばさんがなにやら大きな声をだしながら、しかもどこか我々とは別の方向を指さして、しかし確実に我々にむかって急ぎ足でやってくる。

これは確実になにかオコラレルのだ、と察知した我々は逃げようとしたが、それよりも早くおばさんは我々のところに到達し、我々と同じぐらいのブロークンな英語で、この森の中にベンチがあるよ、野鳥もいるからそこに座って食って飲んだほうがうまいよ、と言っているのだった。ドイツ人は外国人がビールを飲んでいるのを見ると、みんなものすごく嬉しくなるらしい。

かれらはついに草原の酒を発明した

遊牧民の知恵

世界のいろんな国を旅して、ぼくが一番感心し、そして嬉しいのは文明国や途上国の関係なしに、どこでもなんらかの酒が作られている、ということだった。でも北極圏や砂漠の中の国では酒は作れないからちょっと事情は違う。北極圏は政府によって禁止されているところが多く、ドライビレッジという（タウンまではいかない）。

どんなに政府が禁止しようが、飲みたければ自分らで作ってしまう、というのが世界の酒事情だけれど、北極圏だけはあまりにも寒すぎて、砂漠はあまりに乾燥しすぎていて発酵菌が存在せず、酒を作るそもそもの素材もとくにない、というところから結局独自の酒がない。

ぼくはアラスカ（アメリカ）、カナダ、ロシアの三ヵ国の北極圏に行ったが、サケが飲めるのはロシアだけだった。うまションビール（詳しくは80ページ～）の時代から三十年ぐらいたっているのでいまではちゃんと飲めるツボルグなどがある。ヘエーと思うだろうが、それにはいろんな事情があり、説明しているともう何ページも必要になってしまう。

ぼくがよく行った国で、こんな条件でもやっぱり作ったのか、とつくづく感心したのはモンゴルだった。遊牧民の国、モンゴルは酒にしやすい穀物とか果物などがない動物だらけの国だ。動物を素材にしてはなかなかサケはできない。できるなら北極圏の人もなにかやったはずだ。「アザラシ酒」とかね。しかし北極圏には発酵菌がないのと発酵するだけの温度がない、という非情なる現実があった。

その点、モンゴル人は考えた。彼らは動物の出す乳に注目したのだ。「乳酒」である。六月前後は馬の出産期。生まれたばかりの子馬がいかにもおいしそうに母馬の乳を飲んでいるのに目をつけ、遊牧民は初産の馬の乳をかすめとることを思いついた。そのやりかたがあくどい。わざと子馬を近づけていき、一口だけ乳を飲ませる。母馬はわが子のため、と思ってどんどんいい乳をだす。そこですぐ人間が乳入れの缶を持っていって乳しぼりをしていく。母馬のカンちがいを利用している。ぼくの描いた絵（次ページ）の最初の一コマはそういう場面なのだ。ロシアのうまションビール搾取というのと違うからね。

そうして搾乳したのを羊や馬の皮袋（五穴をふさぎまるまる皮だけをつかった生物容器のようなもの）に入れて攪拌《かくはん》していると空中にある発酵菌がとりついて数日で酒になる。「馬乳酒」だ。ミルク酒だから白い。ちょっとすっぱくて、ヨーグルトみたいで、なかなかうまい。アルコール度一～三度だが酒無し国ではタカラモノだ。モンゴル語で「アイラグ」という。

味のわかりやすい表現はカルピスから甘さをとったような――といえばそのものである。あとで聞いたらむかしカルピスの創業者が内モンゴルを旅してこれを飲み、カルピスをつくるヒントにしたという。これ、本当の話のようだ。

六～七月はそれぞれの遊牧民がこのアイラグを作る。家庭酒だ。栄養があるのでナント！赤ちゃんにだって飲ませる。三度以下のアルコール濃度とはいえよっぱらい赤ちゃんもできるだろう。「てやんでえ、もっと飲まちて」なんて言ってたいへんゴキゲンが

AIRAGU
馬乳酒をつくる
ラクダの声はへんな声
MOGUMOGU
ゴビ近くではラクダ酒もつくられる
(まずい!)
アイラグを煮てさらに濃度を高める
モンゴル式ポットスチール
できたての馬乳酒にはワラの切れっぱしが浮かんでいたりする。
うちの一番馬からできた
赤い顔。
アイラグは子供でものむ
馬に
馬の乳しぼり
馬は1年に150〜300リットルの乳を出す。
羊登場。どうもヤバイと思っている。
どうも年よりの羊がえらばれるみたい。目じりのシワが…。
かわいそうだが殺されて
羊の穴をすべてふさいで丈夫な皮袋にする。
ひしゃく
ゲルから出入りするたびに
かき回す。
ゲルの中に入れる

よかったりして。

シアワセの秘酒

ところで、この三度のアルコール濃度で大人がぐでんぐでんに酔うのは無理なことだ。バケツ六杯ぐらい飲んだらなんとかなるかもしれないがその前に気持ちワルクなる。そこで彼らは考えた。蒸溜すればアルコール濃度は増す。そこで生まれたのがこのアイラグを蒸溜した「シミンアルヒ」という乳系蒸溜酒だ。これもそこらの遊牧民が勝手に作っているので七月のナーダムが行われるときぐらいしか飲めない。それも日本のドブロクみたいなもので密かに作っている家をうまく探せればの話だ。透明なおいしい酒だが七月限定酒でもあるので旅人がタイミングよくこれを飲めたらその旅はシアワセと思っていい。ぼくは何度か飲んだ。うまい！

アルコール度六度から十二度ぐらいらしい。でも家庭で作る蒸溜酒なのでアルコール濃度など誰もわからないし、そんなことどうでもいいのだ。ただもう酔えればいい。ある日突然「シミンアルヒ」が飲めたら人生のシアワセなのである。

飲むには決断のいる口噛み酒

モグモグカミカミブワーッ！

ニューギニアのある小さな島に置き去りになってしまったときのことだ。

本土との連絡がとれないまま、とりとめのない不安と孤独の日々を送っていた。そのときぼくの世話になっている部族が妙にはしゃいでいる朝があった。なにかのおまつりがはじまるようだ。

村の広場の真ん中でおばさんたちがタロイモとヤムイモ（両方でっかい芋）の皮をむきはじめ、それを次から次に蒸しはじめた。蒸されてやわらかくなったそれらは風呂ぐらいある巨大な木樽にどんどん入れられ、大きな木ベラでかき回される。ああこれはマッシュポテトのようなものだな、と判断した。言葉はまったくわからないからその段階では何が行われているのかもわからない。

やがて腰ミノをつけたおばさんたちが集まってきた。太ったおばさんは暑いので上半身ハダカだ。そのおばさんたちが木樽のまわりをとり囲むと、みんなで何か歌をうたいはじめた。

横っちょのほうで木と石で演奏しているおっさんたちもいる。それが一応「儀式」のようだった。それからおばさんたちは手に持った椀で芋をさらにかき回し、最初に誰かがかなり大量の芋を口の中に入れた。

それを合図に今度は違う歌がはじまり、同じように口に入れてモグモグやる人が増えてきた。口に芋が入ると歌えないから演奏しているおじさんたちが歌もうたう。

おばさんたちはかなり長いことほっぺたの右や左に芋を移してさらに力強くカミカミして、やがて一番最初に口に含んだおばさんが木樽全体にいきわたるようなイキオイで口の中でよく咀嚼《そしゃく》されミルクのようになったものをブワーッと吐きだした。ここにいたって「ああ！　これは口嚙み酒だあ」と鈍感なぼくも気がついたわけである。唾液の中のアミラーゼを発酵スターターにして芋酒を作る。おばさんたち全員が同じことをく

大量のキャッサバを茹で 杵でよくつぶし
まぜあわせ おばさんたちが 口に含んで
10分間ぐらいよく噛んで唾をまぜ
あわせ、かがみ ドバーッと タライの中
に吐く。それを交代でくりかえす。

インカの口噛み酒
チャチャ。シャーマンの
ための最初の
一杯
小さい女の子も
チャチャ
を飲む

りかえし、木樽の中のものはどんどん白濁していった。

夕方には筵《むしろ》をかけ、翌日の午後には芋酒の出来上がりである。村人にすすめられ、暇なぼくも酒飲みまつりに参加した。アルコール度は低くなんとも複雑な味がしましたなあ。

強烈！ ベトナムのコブラ酒のできるまで

クリオネみたいなコブラの心臓

ベトナムのメコンデルタのあたりに行くと市場では必ず生きた蛇を売っている。無毒蛇と有毒蛇で十種類はくだらない。アジアのこのあたりに住む人々にとって蛇の肉は牛、豚、鶏、羊などと並んで、ごくごく普通の栄養源だ。ぼくは蛇は怖くて嫌いなのだが、安全なところで見ているのは好きだ。そこで市場に行くと必ず蛇売り場のところでじっとしばらく見ていることにしている。

あるとき、コブラを買いにきたおっさんがいた。コブラは一般の蛇よりも群を抜いて高いから、これはある種、おっさんの見栄と自慢の場だ。危険なので一匹買っても生きたまま家には持っていかないらしい。蛇屋が調理する。

まず蛇籠からひっぱりだされたコブラは、蛇屋につかまれた鰓《えら》をひろげてシュウシュウ怒っている。プロの蛇屋はまったく落ちついてまず心臓をナイフでこそげとる。しかしコブラはそのくらいでは全然動揺しないというか、自分にはもう心臓はないのだ、ということに気がつかないようでまだシュウシュウ怒っている。

それでもたちまち皮を引き剥がされると真っ白な体が見えてくる。白いハダカの蛇が蛇屋のおやじの腕にからみつくのが凄い。その頭を切り落とし、体も一五センチぐらいに切っていく。写真をとりながらぼくが一番キモチワルかったのは、この一五センチぐらいのコブラの「部品」になったそれらがまだ元気よくグネグネ動いていることだった。しかしこれもすぐに真ん中を裂かれ骨を抜かれ、熱い油のチンチンいうフライパンに入れられ唐揚げにされる。そうなるとコブラはさすがにじっとしているが……。

蛇屋の隣にはたいていフランスパン屋さんがある。フランス統治の長かったベトナムはこのフランスパンがたいへんうまい。このパンの真ん中を裂いてコブラの唐揚げとハーブみたいなのを一緒にはさみベトナムソースをかけると「コブラサンド」の出来上がり。

あつあつのアブラの入ったフライパンで
揚げる。サッと。
コブラ
フランスパンの中央を割いてまん中にコブラとハーブをはさむ
全体を切っておく
コブラサンドの出来上がり
バラバラになってもまだ動いているコブラの1パーツ。

コブラは高いのでそれを買った親父はまわりにいる人にこのコブラサンドを又売りする。ぼくも買った。

最後はベトナム焼酎をコップに入れ、そこにさっきとっておいたコブラの心臓を入れるのだ。コブラの心臓はピンク色をしていてまだピクピクしており、コップの中に入れるとクリオネのように焼酎の中を泳いでいる。これをそのクリオネ心臓ごと一気飲みするのがコブラ親父の年に一度のシアワセというものらしい。

市場で見たこのコブラの心臓酒は、コブラを買ったオヤジの自慢げな顔と、ある種の「どーや」的カタルシスによって値段ぶんのなんらかの自信や精神的かつ肉体的精力増強などにつながっていくのだろうな、という説得力があったけれど、わからないのは世間によくある「ヘビ漬け酒」的なやつだ。

へび漬け酒の疑問

沖縄ではハブ、内地では「まむし」が有名だが、こういうのを扱っている店は、店頭にサケを入れた大きな瓶があってその中にひときわおそろしげなお姿をした毒蛇がいらっしゃって、背中から頭のあたりに垂直に立てる棒でもあるのか「どうだ」とばかりに口をあけて長い舌などを出し、見栄を張っている。

これまで見たなかで一番大きかったのは、やはりベトナムのチャウドックというはなはだ湿気の多い、なんだかいたるところデンジャラスムード濃厚な街の「キングコブラ酒」であった。キングコブラは五メートルぐらいになる。鰓を張った顔も当然でかい。これも背後に顔から太い首を立たせるような棒が仕込まれているらしい。この、見るからに凶暴な世界一の毒蛇は五メートルの長身をトグロにまき、自分の尻尾の先端を自分の口にくわえている。どのキングコブラもそういう形になっているから、このあたりのキングコブラを飾るときの「様式美」となっているのかもしれない。

巨大な蛇なのでそれが入れられているまるい大きな瓶いっぱい、ベトナム焼酎が満たされている。聞いたらなかなかの値段で、小売りで一杯いくら、という値段がつくそうである。勿論この巨大瓶ごと買っていくカネモチもいるそうだ。玄関の正面のあたりにおいて客をグイと睨んでいるのだろう。こういうところを想像すると「民族と価値の違い」などということをフト頭に浮かべてしまう。

どこの国でも蛇酒は「精力増強」をメーンにした男の興奮酒の位置にある。とりわけ毒の強い蛇は精も強いので、そのイメージが強い。でも果して本当にそうなのだろうか。

鹿や熊のペニス酒などというものもあり、それを飲むとその部分が強くなる、と信じられているようだ。では虎や豹の「脚酒」なんてのがあってそれを飲み、鷲の「目玉酒」なんてのを飲んだら明日から十里先の獲物を誰よりも早く見つけ、走っていって捕まえガブリと噛みつくことができるのだろうか。

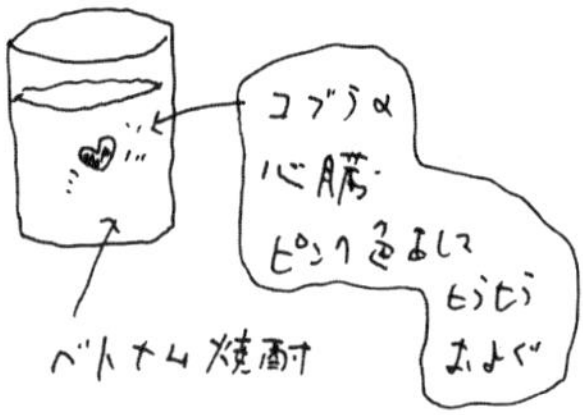

太陽ギラギラ、ヤシ酒はいいやつだった

酒のなる木があった！

ヤシ酒を飲んだのはフィリピンが最初。まだ三十代の頃だった。ダイビングのためにセブ島に二回ほど行ったのだが、あるときコテージの主《あるじ》に珍しいものを飲ませるから行かないか、と誘われた。モーターボートで三十分ほどのところに小さな島があり、島の人が愛想よく迎えてくれた。

その日は「ヤシ酒」の宴会なのだという。電話などつながっていない頃だから、そういう宴会日はだいたい決まっていたのだろう。

ヤシというとぼんやり「あれがヤシだね」と思って眺めていたが、いろんな種類のヤ

シがあり、高さから枝葉の生え方、利用のし方もいろいろあってアジアの主要なものだけでニッパヤシ、サゴヤシ、ココヤシ、パルミラヤシ、サトウヤシ、アブラヤシとある。

陸のクジラとも言われていて、ここからは人間の生活に必要なものがいろいろとれる。石鹸、マーガリン、浄水場の活性炭。ダイナマイトの主要原料はココナツ油の加工製品だ。飲料水がわりにもなるココナツミルクはおなじみだ。飲み口をサンゴットという大きなナイフでスパッと切ってくれた重くて冷たいヤシの実を丸ごともらって中の果汁をすするときの気分といったらない。さらに実の内側についているぶあついコプラと呼ぶ白い果肉も笑いたくなるほどおいしい。おなかもいっぱいになるし。

ヤシ酒はいろんな方法で作られている（土地やヤシの種類によりさまざまなのだ）が、その日ぼくが見たのはひときわ背の高いココヤシ酒だった。村人がいろんなココヤシにするする登っていく。まっすぐ登るには裸足の両足の踵のところを紐でしばってそれをストッパーにしてずんずん垂直にいく。猿より速い感じだ。海がわに大きくまがったヤシは一本橋をわたるようにしてやっぱりするするいく。この登り方は途中で誰か落ちたりするが下はたいてい海だから大丈夫。鮫がいなければ、だが。

ヤシ酒はヤシの実になる前の段階、つまりつぼみからしみでてくる「花樹液」である。

ココヤシのつぼみは大きい。真ん中に人間のチンポコに似たヤシのつぼみの芯がある。これを紐で毎日少しずつ傾けていく。折れてしまったらそのつぼみは終りだから日数をかけて慎重に少しずつ傾けていくのには職人技が要求される。つぼみを横にするとそこから樹液が出て、莢《さや》の中に溜まりそのまま自然発酵する。それがヤシ酒である。アルコール度は五度前後。自然に酒になり、なんともいえない芳香のするとても贅沢な酒だ。一日に二〜四リットルの樹液が出てすぐ酒になる。一本のココヤシで長くて二ヵ月ほどつづく。瓢箪《ひょうたん》を半分にしたのを器に二杯飲んだらちゃんとフワッと酔ってきた。

それにしても、こうしたヤシ酒がとれるようにするための苦労はなみたいていではないが、ひとたび成功すると、何もしなくても二ヵ月前後は毎日ヤシ酒が勝手にできてくるのだ。

世界にこんなにすばらしい、それこそホンマモンの「酒のなる木」はない。

こういうのを十本も持っていれば「ヤシ酒チェーン」を作って大儲けできるではないか、と思ったが、その島ではみんなそれぞれの家が「ヤシ酒」の木を持っているのだった。

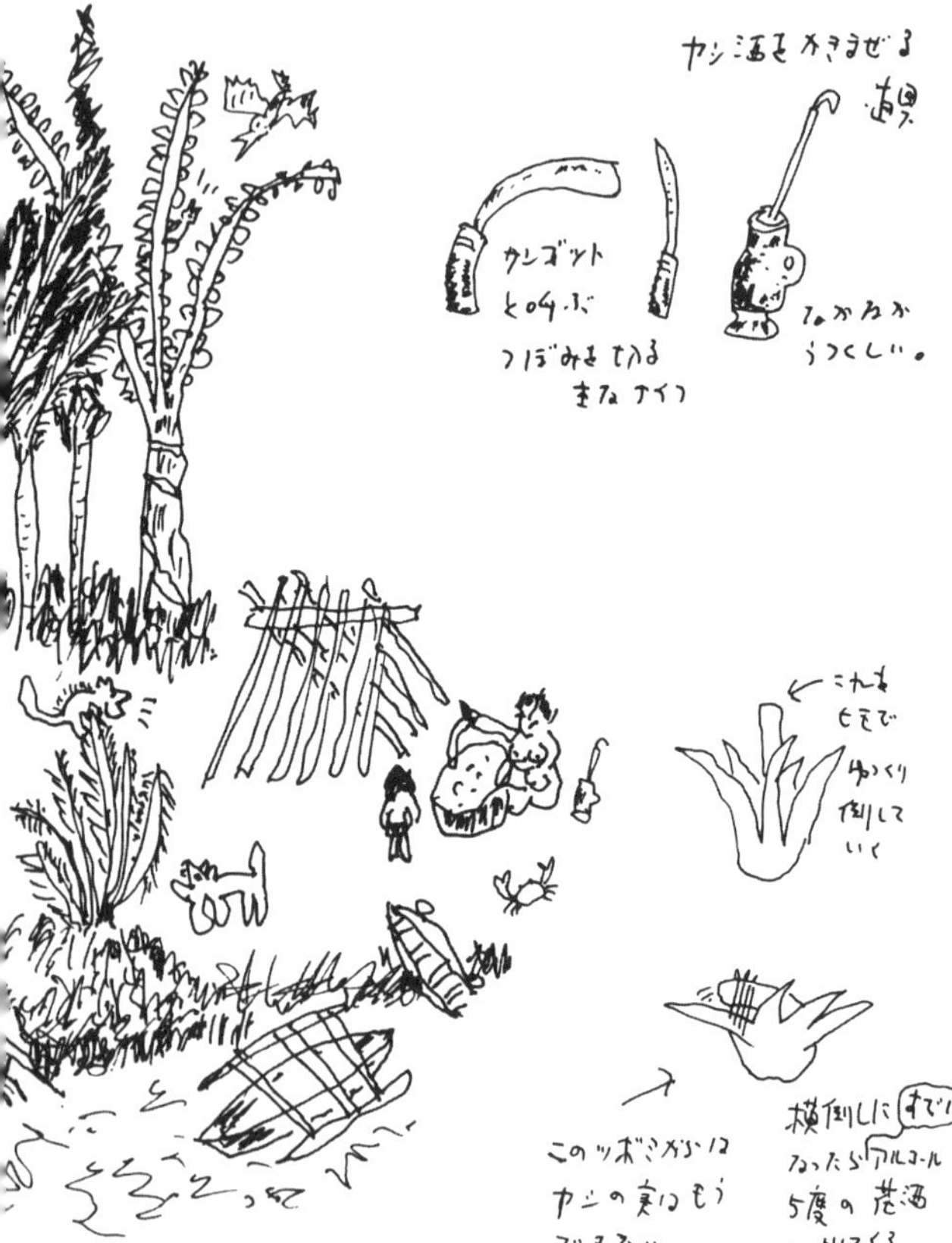
ヤシ酒をかきまぜる道具
カンゴットと呼ぶ
つぼみを切る大きなナイフ
なかなかうつくしい。
これを七日でゆっくり倒していく
このツボミからはヤシの実はもうできない。
横倒しになったらすでにアルコール5度の花酒が出てくる。

ココヤシの酒とり

おっさんの歌をきいて美人が涙をながすポルトガルのファドと安酒

石の坂の途中で

いろんな酒場で飲んだ。

いままでの人生で、一番すばらしい酒場はどこでしたか？　と聞かれたら「よくぞ聞いてくださすった。とっておきの世界最高の一軒がある」と、ぼくはこたえることができる。でもなんという名の店かはよく知らないのだ。その店に入ったときは覚えていたが三時間後にはおしよせる感動でアトカタもなく忘れていた（ホントウは酔ってるからだ……）。

とにかく、いい酒場だった。心を奪われる酒場はああでなくては。

場所はポルトガルのリスボン。繁華街から河口にむかって下っていく。ポルトガル特有のかなり乱暴に敷きつめられた石畳の細い道の途中にあった。

午後十一時開店。造りやデザインは違うがどうということのない、日本ふうにいえばしもたやの二階建て。道路に面している。

そこは「ファド」の店だった。

「ファド」といったらポルトガル。

格調とか規律といった面倒なことはなく、そこらの新宿の行きつけの店そのものだった。ポルトガルの演歌居酒屋なのだ。

十一時少し前に行ったのだが坂の途中にあるその小さな店の入り口のまわりにはすでにけっこうな人だかりがあった。観光客然とした客はあまり見られず、まあ我々三人ぐらいか。風体からして日本の漁船の船員くらいに見られるだろう。ポルトガル式の夜更けの本当の大人の居酒屋という感じだが猥雑に崩れている感じは微塵もない。客は青年や娘が多く、ほとんどが地元の人のようだった。

開店になってみんな思い思いの席に座る。店内は粗末な木造。一階、二階あわせてぎゅうづめにして五十人入れるかどうかというところだった。お店をあけて十分ぐらいでほぼ満席になってしまった。ぼくの座ったテーブルは入り口近く。店内そのものに装飾というものはあまりないが、テーブルの上にも何も置いていない。

みんなファドを聞きにきているわけだが入場料金というものはなく、店になにか注文するコトだけで成り立っているようだった。

しかし、実際にそれを見て、果して経営は成り立っているだろうか、と不安になった。みんなが注文するのは安くてアルコール度の強そうなポルトガルの焼酎のようなものばかりだったからだ。

メニューもないし、ぼくも「それと同じものを」と言ってそのサケだけ注文するしかなかった。肴というものはない。

ショットグラス一杯に、日本酒ほどではないがかなりなみなみと透明なサケが注がれて出てくる。みんな同じものを頼んでいるのでテーブルを囲む客たちが自分たちで回してくばる。

見ているとみんなマッチやライターでコップの上に火をつけ燃やしていた。それだけ強いサケなのだろう。やがて手持ちのカードなんかで蓋をして火を消す。一分ぐらい燃やしただけだが、中の液体はもう温まっていた。

思ったとおり強いサケだった。名前をそのとき隣にいたポルトガルの人に聞いたのだがたちまち忘れてしまった。

そのあいだにも客はどんどん入ってくる。

もう満員なのだが、それでもみんななんとかゆずりあって結局遅れてやってきた客も入ってしまった。

なにやら今夜はファドの女王と呼ばれる人が歌うらしい。ファドはポルトガルの演歌である。アマリア・ロドリゲスという人の歌った「暗いはしけ」が日本では有名だ。

おもいがけないはじまり

言葉はわからないが、ぼくの座った八人がけぐらいのテーブルに無理やり十二人ほど座っている人々は、知り合いではないようだが、この店とかファドの熱狂的なファンのようで興奮した口調と顔でいろんなことを喋っている。いつのまにか店内は超満員で、二階にあがる階段にもぎっしり客がいる。

ぼくは店に入ったとき、ファドの女王などがその階段から歌いながら降りてくるのかと思っていたのだが、すでに階段も手すりが折れるのではないかというくらいぎっしりでそんな日本の歌謡テレビショウのようなことはできそうになかった。

あまりいたずらに満員の客を待たせることはなく、やがて奥の小さなカーテンがあいて大きな楽器を持った「おっさん」が出てきた。楽器はギターラという名らしくギターよりも大きく、日本の琵琶にもちょっと似ている。所定の位置に座るとおっさんは調弦に集中している。客たちに期待と緊張が走るのがわかる。

やがてギターラの演奏がしっかりしてきて、雰囲気ではいつでも歌える、という状況になっていた。さて、このぎっしり超満員のどこからファドの女王が現れるのだろうか。

固唾《かたず》を呑む思いでキョロキョロしていると、拍手が起き、期せずして、ぼくのテーブルにいてさっきからだまってニコニコしていた八十歳ぐらいのおばあちゃんが立ち上がった。待ってましたとばかりのやんやの拍手。

ぼくが知らなかっただけで、そのおばあちゃんが少し前のファドの女王だったようだ。国民的なスターらしくまわりが興奮していた理由がわかった。ファドは女が歌うときは肩にショールをかけるキマリになっているようだ。

よくこのような力のこもった、でも深く豊かな哀感のある声がだせるものだと感心する。ファドの演奏はその質素なギターラひとつでいいのだ、ということにも感動した。店の中は一体となって全体が揺れるようにそのおばあちゃんの悲しげなポルトガル演歌を聞いている。青年も娘も。

やんやの拍手でその最初の歌が終わった。一曲終わるとみんなはテーブルの上の強い

もとファドの女王
ショールを肩にかけてうたう
なげきのファドに涙する港の女たち
ファドを切々とうたうおとうさん
テーブルに片手をおく
ギターラ
ファドに酔う人びと

酒を一気にあけるようだ。

おっさんはポケットに片手をいれて

続いてぼくから見て対角線にあるテーブルに座っていた「おっさん」がやおら立ち上がった。やはりものすごい拍手。

どうやらこの人のこともみんな知っているらしく「待ってました」の感じだった。スターという気配はみじんもなく、頭の禿げたそこらの中小企業の冴えないおっさんにしか見えないが、この人の歌も、ぼくなど意味がわからないのに涙が出るほど激しく心をゆさぶった。男は片手をポケットにいれているが、クライマックスではその手で虚空をつかんだりする。もう片方の手はテーブルの上に置いて歌うのがならわしのようであった。

そのおっさんも有名なファドの歌い手らしく、まわりにいる若者（それ以外の人も）みんな潤んだ目になって、曲のリズムにあわせ体をゆっくり揺すりながら「うっとり」と聞いていた。

ぼくのテーブルにいる何人かのポルトガル美人の恍惚とした表情が素晴らしい。日本のカラオケで親父が演歌でも歌うと店のホステスたちですら聞いているフリをして誰も聞いていない。ほかの客たちは自分が歌いたい次の曲をさがすのに熱中している。子供の歌合戦だ。しかもマイクを握った日本のおっさんは下手な自分の歌に自己陶酔して、握ったマイクを金輪際放さない。

ポルトガルの酒場で、その日ぼくが、一番カッコいい！ と思ったのは、その有名ファド歌手のおっさんは自分の歌が終わると、ポケットに片手を突っ込んだまま、ありがとうの挨拶をするわけでもなくそのままスタスタと店から外に出て行ってしまったことだった。いまの歌に感激した黒髪のポルトガル美人が泣きながら強いサケを一気に飲んでいる。

ギターラがまた鳴りひびき、次はどこから名人が立ち上がるのかぼくも緊張して強ーいサケをさらに飲むのだった。

強くて安い酒
火をつけて
アルコール
をとばす

あんたはロシアのうまションビールを知っているか

警官に殴られるヨッパライ

ぼくが一番最初にロシアに行ったのは一九八四年のことで、まだソヴィエト連邦といっていた頃だ。

街を歩くとすれ違う男はかなりの率でウオトカの匂いがした。共産社会の圧政と貧乏、慢性的な物資不足にやりきれない人々はウオトカの酔いに逃げているしかなかったようなのだ。

当時のモスクワの行政は昼間から酒を飲むのを禁じていた。だから街で酔って倒れている人がいると警官がすぐやってきて警棒で叩いたり蹴ったりしている光景をよく見た。

連行されて二〜三日ブタ箱という話も聞いた。この措置はなまじっか酒を禁じつつ流通させてのことだから、アメリカの禁酒法よりあくどいような気がする。

モスクワを出て、シベリアのヤクートやイルクーツクなどの地方都市に行くと、そんなに厳しい規制はなかった。しかし当方も毎日ウオトカというのも強烈なのでビールを求めたが普通の店では手に入らなかった。

ときおり配給があってロシアビールを手に入れた。しかしそれは「馬の小便よりもまずい」といわれていた。

残念ながらぼくは馬の小便はまだ飲んでいなかったので正確には比べられなかったが、ロシアのビールがとことんまったく問題にならないくらいまずかったのは確かだった。

そもそもビールとは違う色（灰色）をしており、ビールとは違う味がした。どんな味かというと、いまだにその表現力がぼくにはない。せいぜい「藁を数日間煮込んだスープ」なんてのに近いだろうか。

けれど意地汚いぼくはビールの売り出しがあるとその行列に何度も並び、できるだけ沢山買い占めて飲んでいたが、あるとき腸壁が壊れたかと思うような猛烈な下痢になった。

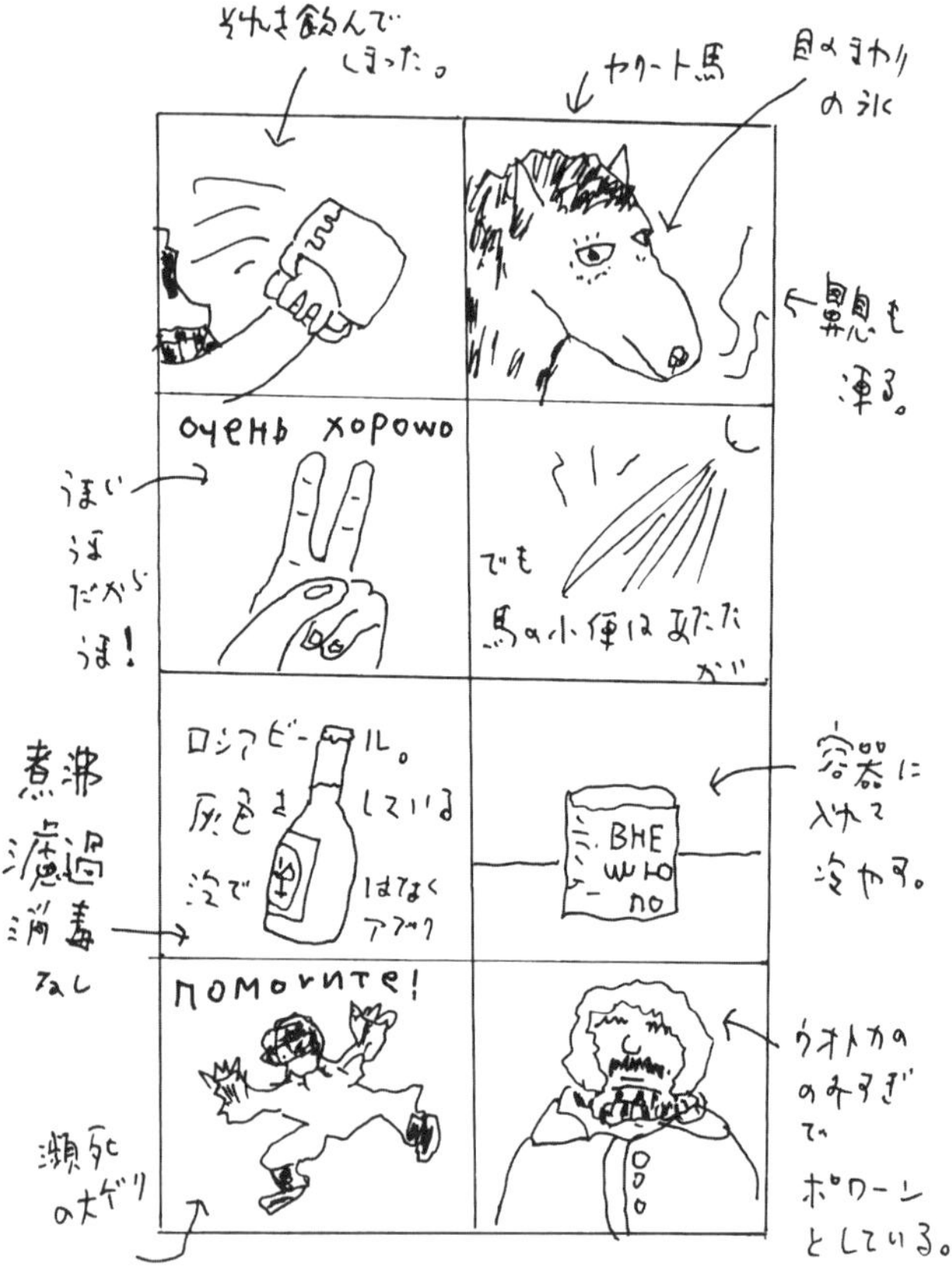
それを飲んでしまった。
ヤクート馬
目のまわりの氷
鼻息も凍る。
ОЧЕНЬ ХОРОШО
うまいうまだからうま！
でも馬の小便はあたたかい
ロシアビール。
灰色をしている
泡ではなくアブク
煮沸 濾過 消毒 なし
容器に入れて冷やす。
ПОМОГИТЕ!
瀕死の大ゲリ
ウオトカののみすぎでポワーンとしている。

あとでわかったが当時のロシアビールは熱や濾過《ろか》による殺菌を一切していなかったので、ビールを買って数日するとその中は雑菌がビールの栄養を食ってどんどん増殖している、という微生物培養液のようなものだったのだ。顕微鏡でよくみたらゾウリムシぐらいのがうじゃうじゃいたのかもしれない。

馬の小便ならばそんなことはないんだな、という学習もした。生ビールに対する生小便だ。それならゾウリムシもいないだろう。

酒屋がない、パブもない

厳寒期のロシアに二ヵ月、夏に一ヵ月の旅をした。そのあいだに学んだのはロシアにはウオトカもビールも、それを売っている「酒屋」も「飲み屋」もないことだった。

当時のバリバリの共産国家ソヴィエト連邦は国を世界一に発展させるためにサケなど飲んで酔っぱらっていてはいけない、というトリキメがあったのだ。といいつつ高級官僚や軍部の上のほうの人々は高級ウイスキーで毎日のように酒宴をしていたらしいが。

その一方で特別な流通でおそらく生協みたいなものが機能していたらしく、庶民にも安ウオトカがなんとか手に入る。人々は日頃の圧政、慢性化した物資不足、楽にならない貧困生活に嫌気がさしていたから、せめて重い気持ちを紛らわせるのはウオトカだけ、ということになり、厭世感からグデングデンになるまで飲む。そうしていい気持ちになって盛り場にでると警官に見つかって殴られる、というわけなのである。

大きなレストランに行けばビールは無理としてもウオトカぐらいは飲めるだろう、と思って行く。ロシアのレストランは一部の特権階級と観光客用に機能していたので、庶民は何ヵ月に一度の楽しみのために行く遊興の館みたいな位置にあった。

ほとんどが爆裂的大音響のロックを演奏するレストランになっていて店そのものも三百〜五百人ぐらい入れる巨大さだが、入ったら三時間は出てこられない。

システムがそうなっているのだ。

まず注文がなかなかできない。その頃のロシアはコックだってウェイトレスだって給料はみんな同じ。一日九時間ぶっとおしで働いても三十分だけチョコチョコッと働いても給料は同じ。同じ給料ならヒトより働くのは損々ーと徳島阿波踊り化して、みんな自分の係のテーブルは決まっているのだが、なるべく自分の担当するテーブルに客はついてほしくない、と思っている。

注文のできないメニュー

もし客がきてしまったら、そこから一番離れた場所に行ってなるべく自分のテーブルを見ないようにするのがかれらの裏のキマリなのだった。だから我々はそういう巨大レストランに入ったら、まず自分らのテーブルの係の人はだれか、というのをみんなで「熱い目」をして必死に捜すことから始まる。

さっきからまったくこっちを見ていないウェイトレスがいたらつまり「そいつ」である。この儀式が最低十五分はかかる。

観念してやってきたウェイトレスにメニューをもらって料理を注文する。ウェイトレスはこのときは一応聞いてくれる。

けれど十分ぐらいたった頃、確実に（これは絶対確実に）そのウェイトレスは席に戻ってきて「いま注文をうけたコレとアレとコレとソレとコレは売り切れです。もしくは本日はできません」と必ず言う。

こういうやりとりが三十分は続く。

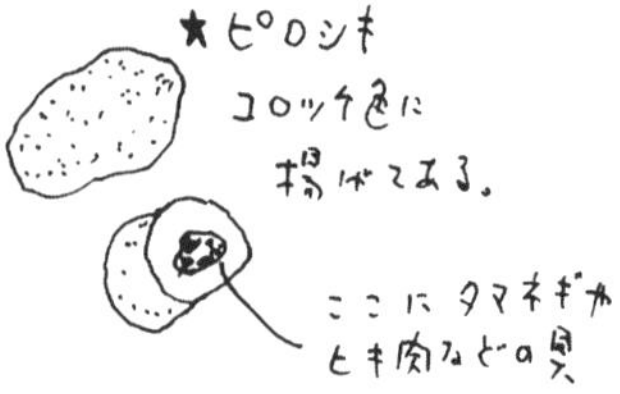

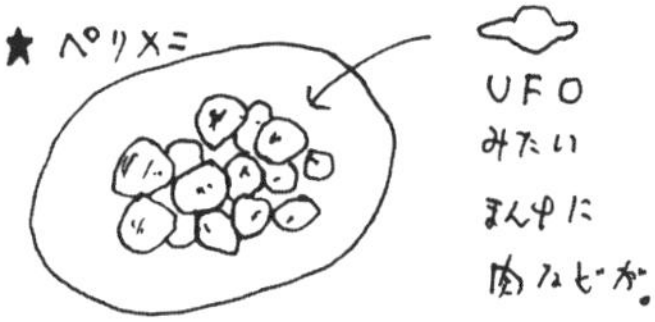

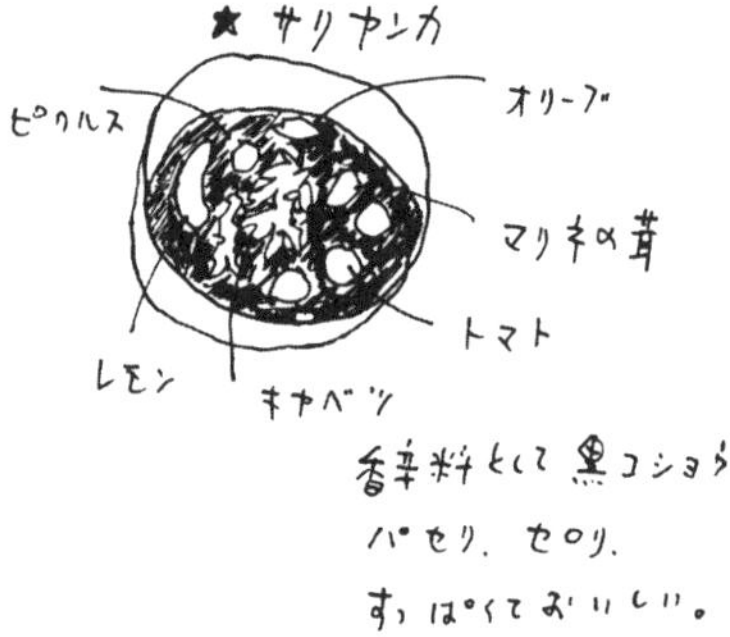

だったらできないもの、ないものはメニューに書かなければいいではないか、と誰しも思う。この理由は、観光客にロシアの偽実力を誇示するために、その日できないものもそもそもその店にないものも全部メニューに書いているからなのである。これは滞在中ずっと改まることはなかった。

こういうのを三〜四回体験するとメニューなんて見てもしょうがないから「本日できるものは？」と聞くことにした。これなら売り切れの口実はあるものの、まだ注文できる確率は高い。

都合三ヵ月にわたるロシアの旅で、ロシアで実際に存在して食える食い物はピロシキとペリメニとサリヤンカの三つだけ、ということがわかった。ピロシキはロシアのコロッケ。家庭料理だからレストランにはあまりない。ペリメニはロシアワンタンあるいは中国人が好きな水餃子のロシア版。すっぱいサリヤンカが一番ロシアっぽく意表をつく上品さでおどろいた。

右翼もぶっとぶ狂乱デカボリューム

頼りにしているウオトカは巨大レストランにはまずない。ビールなんてこの地球のものじゃない、という態度だ。不思議なのは、なぜかシャンパンだけがたいていどこでもあった。でもこれは高い。観光客からふんだくるにはもってこいだ。

三時間もレストランにいる（注文してもなかなか出てこない）のだからなにかアル

コールを飲まなければやってらんない。やむなくシャンパンをたのむ。シャンパンスカヤと言った。ぼくはこれをシャンパングラスにかなり高いところからドボドボドボと落とし、泡を沢山作ってせめて見た感じだけでもビールふうに、という涙ぐましい努力をしていたのだった。

もっとも閉口したのは舞台の上のロックバンドの演奏だった。ロシア人は全員バカだ、とこのときぼくは確信した。その音をめいっぱい大きく、もう全員でヤケクソのようになって巨大音で演奏する。右翼のデカボリューム車が三台ぐらいステージに並んでスピーカーを鳴らしている、言うならばそれよりも凄かった。これがはじまるともう隣同士の席の人も耳もとで大声でがなっても話なんかとてもできない。

この大音響の中で厚着した太ったロシア人が黒熊さん白熊さんと化して、フロアせましとモコモコ踊る。フロアは暗いからわからないのだが猛烈な埃が舞っていたことだろう。それでもその時代のロシアの上流階級の人々は、それが楽しみだったともいう。

二〇〇四年に東北ロシア（北極圏）に行ったとき、キオスクで缶ビールを売っているのに驚いた。缶に数字が大きく書いてあり、五、六、七、八とある。みんなそのビールのアルコール度数を表しているのだった。八度というとワイン並みである。

ぼくはチュコト半島という極東突端のユピック（ロシアエスキモー）の村に二週間いたが、幸いなことにちゃんとビールの味がして「うまションン」はとうとう味わうことができなかった。

ロシアのレストラン
のメニューに書いて
ある料理は
ほとんど
できません！

第2章 シングルモルトウイスキーの旅

王様のウイスキー、シングルモルトウイスキーが作られている森と川と海の国への旅にでた。

シングルモルトウイスキーとは、単一の蒸溜所のモルトウイスキーだけを瓶詰めしたモルト原酒の生一本。

作られた土地の気候風土や作り手の情熱が味わいに反映されるため、その個性は驚くほど多彩である。

黄金色に輝く原料から黄金色の飲み物へと、どんなふうに大切に丁寧に辛抱強く神々の喜ぶ飲み物が作られているのかを見てきた。

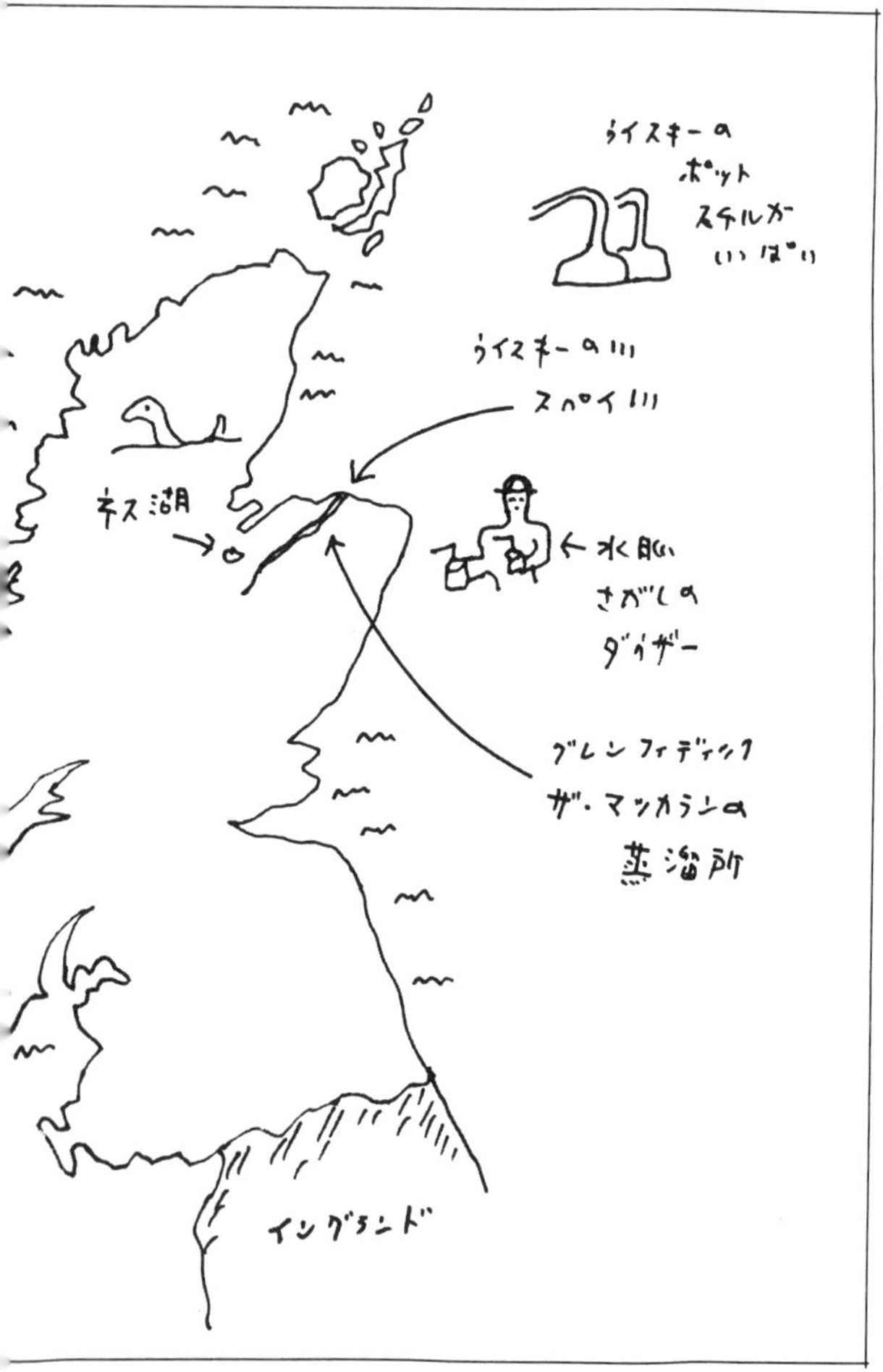
ウイスキーの
ポットスチルが
いっぱい
ウイスキーの川
スペイ川
ネス湖
水脈
さがしの
ダウザー
グレンフィディック
ザ・マッカランの
蒸溜所
イングランド

*編集部注
本書の取材内容は
取材当時のもので、
今は変わっている
可能性があります。
ご了承ください。

スペイサイド突入編

＝ザ・マッカラン

エジンバラは石の街だった。
それほど高くはない、せいぜい四、五階建ての
石造りの建物が石畳の道の左右に連なり、
午後九時少し前の鋭い残照の中で沈黙している。
この季節、日照時間が長く九時をすぎないと
夕闇の気配すらない。

さすがに本場

いましがた着いたばかりで日本との時差が八時間ほどある。感覚的にはまだ寝不足気味の朝というところだったが、ここではすでに夕食の時間だった。ハイストリートにある「ジャクソンズ」というレストランに行った。石の建物の中の石造りの部屋である。効率よく配置された重そうな木のテーブルと意匠をこらした木の椅子。石壁のあちこち

に小さな灯がつけられていたがどちらかといえば闇のほうが勝っている。

さすがに本場。メニューの酒はウイスキーが主で食前と食事中と食後のおすすめモノにわけられて、もっとも〝通〟は食前にシングルモルトのストレートをやるようだ。見回すとビールなど飲んでいる客はいないようである。なめられてはいけないと思い、ビールではなくシングルモルトウイスキーを注文する。しわがれて迫力のある喋り方をするマダムが「水や氷など入れたら喉をかっ切るワヨ」などと言う。

この国に着いたばかりで喉をかっ切られてはたまらないからオーヘントッシャン十年のストレートを注文。四ポンド（七百二十円。取材当時のレート）と安いのである。話に聞いてきたがサーモンがうまい。日本で食べるソレと厚みが断然違う。香りがソフトである。

鹿肉の照り焼きとアンコウのムニエル、大正海老のソテーを食いつつさらにウイスキーをぐびぐび。食後酒はどうだまいったかとザ・マッカランの二十五年ものをぐい、とやったらこっちがまいってしまった。いやはやさすがにウイスキーの国である。

翌朝もいい天気だった。石の街は埃が少ないからなのか、朝から太陽の射光がスルドイ。レンタカーでカールトンの丘に向かい、ちょっと軽い朝飯を、と丘の入り口にあったハンバーガースタンドに入ると、店の親父がレンタカーを見て「タイヤがパンクしているぞ」と言った。見ると左後部のタイヤになぜか太いボルトがしっかりと垂直にめりこんでいる。どうしてこのすごいパンクに気がつかなかったのだろうか。街はずれにある「クイックフィット」という修理屋を何とか捜し当てて直してもらったが、修理代はなんとタダであった。スコットランドはフトッパラだぞ。

今日のうちに北へ二〇〇キロ進み、スペイ川流域まで行く予定である。そのあたりは世界に名だたるシングルモルトウイスキーの蒸溜所が集中しており、今回の旅のほとんどは本場の原産地を巡る、ウイスキー三昧の日々になるはずだ。

エジンバラを出る前にウイスキー博物館「ザ・スコッチ・ウイスキー・ヘリテイジセンター」でウイスキーの歴史やその製造方法などをにわか学習したあと、二時間ほどひたすら北上し、ピトロクリーという小さな街で昼飯。スコットランドを代表する庶民料理のひとつ、ジャガイモと長葱のスープにありついた。安くてうまい。これだけで十分昼飯になる。

いよいよ聖地へ

三時半にスコットランドで一番小さい蒸溜所というエドラダワー蒸溜所に着いた。ここは蒸溜所に住み込んでいる三人の職人でウイスキーを作っているのだ。キルトを着けた愛想のいい案内係のおじさんがいる。このひと、頭がきれいに丸く禿げているのだが、その頭と（このどう見てもわが東洋のおとっつぁんの思考レベルでは）女性のスカートにしか見えないキルトの組み合わせがおかしくてしょうがないのだが、笑ってはいけないのであった。午後九時に目的地スペイ川の近くのクレイゲラヒホテルに到着した。緑の森と草原とその間を縫う美しい

ホテルに到着する直前、"生命の水"スペイ川と目映いばかりの自然が目に染みた。

川を窓からのぞめる、お城のようなホテルである。

ホテルのバーの棚を見て驚いた。さまざまなシングルモルトウイスキーが二百本ぐらい並んでいる。早速バルヴェニーの十二年ものを「くい」とやった。まずは喉をかっ切られないようにストレートである。それからザ・マッカランの十二年ものをもったいないので水割りで「くい」。

ここではじめて知ったのだが、シングルモルトウイスキーの本場でやる水割りは、グラスのウイスキーの十分の一ぐらいの水を加える程度である。水割りというのは水を加えることによって香りを引き立てるためらしい。その水もマザーウオーターといって蒸溜所でウイスキーを作るのに使う水そのものが一番いいらしい。

そうかよおし、また少しわかったぞ！　とまなじりをつり上げ、そのあとホテルの近くにあるクレイゲラヒ村のパブ「フィディックサイドイン」に突入した。客は近所の常連のようで、老人が多い。犬も二匹いた。犬の散歩のついでに寄ったのか、犬の散歩を口実に出てきたのか、とにかくみんな嬉しそうにウイスキーを飲んでいる。カウンターに座っていると、どう見ても八十歳はとうに超したと思われるおばあさんが黒ビールをチェイサー代わりにザ・マッカランをストレートでやっていて、えらくカッコいいので

80年の歴史をもつパブ「フィディックサイドイン」で近所の常連客と乾杯する。スコットランドでは乾杯するときは「スランジバー」という。

ザ・マッカラン蒸溜所の貯蔵庫内で、
モルト原酒を試飲する。

芳醇な香りを周囲に漂わせる、
ザ・マッカランのなんと
47年もののモルト原酒。

あった。

ウイスキーが眠っている

そのザ・マッカランの蒸溜所がホテルから歩いて十分ぐらいのところにある。翌日早速見学に行った。スペイ川沿いの高台の広大な敷地である。スペイ川の水は薄いコーヒー色をしている。上流のほとんどがピート（泥炭）の堆積層なのでそういう色になっているのだ。

ピートはシングルモルトウイスキーの蒸溜に必要不可欠のものだから、これはまさしくウイスキーの川なのだ。日本のように無意味な護岸工事は一切していないし粗大ゴミを捨てていくオオバカモンもいないので、ひたすら美しい流れである。そこに流れ込む支流のどんな小さなものでも、その五〇〇メートル以内に化学肥料を使った畑を作ってはいけないという法律があるので、流れている水そのものがきれいなのだ。シーズンには大きな鱒も遡上してくるのでフライフィッシングで有名な川でもある。

さて、ザ・マッカラン蒸溜所である。入り口に向かう道に広大な麦畑の起伏があり、このウイスキーの原料であるゴールデンプロミスである——と畑の中の看板に書いてあった。この麦はザ・マッカラン独特のフルーティーでオイリーな香りを作る源なのである。けれど採れる麦汁が少なく生産効率が悪いので、これは他の蒸溜所では使われていないようだ。逆に言うとこういうこだわりがザ・マッカランの真骨頂なのだろう。

蒸溜所の中を見せてもらった。ウイスキー博物館で勉強した独特な形をした蒸溜釜がここでは見事に稼働している。ザ・マッカランのそれは知名度の割には小さなサイズだが、最初に作った釜のサイズを変えずに同じテイストでウイスキーを作り続けているからだという。その方がヘヴィな香りがつく、と考えられているからだ。暖かくて気持ちがいい

ザ・マッカラン蒸溜所で働くプロレスラーのような逞しき樽職人と記念撮影。

のだろう。ここに住みついている太った〝蒸溜所ネコ〟がのっそりのっそり挨拶にやってきた。

貯蔵庫も見せてもらった。古めかしい鍵を開けると暗くしんと冷えた空気に触れる。入り口の頭上に「お静かに。ウイスキーが眠っています」の看板。ザッ・マッカランはスペイン産のシェリー樽を使って貯蔵している。それもこのウイスキーのこだわりであり、それが独特の香りを作っているのだということを知った。樽の中から取り出したばかりの十八年ものまで試飲させてもらった。単純ながら〝眠れる森の美女〟というコトバが唐突に頭に浮かんだ。

スペイサイド堪能編
＝グレンフィディック

これまで世界のいろんな国で
ビール、ワイン、テキーラ、ラム、泡盛などの
サケ作りの現場を見てきた。
「できるまで……」を実際に
目のあたりにするとそのサケが
どういうものであるのか、ということが
よくわかってそれらを飲むのが
さらに楽しくなってくる。

立派なサケになるんだよ

この旅ではスペイ川流域の蒸溜所をあちこち歩いたのでシングルモルトウイスキーがどうやって作られるのか、だいぶわかってきた。それをオサライすると——。

まず原料の麦を水に浸して発芽準備させる。巨大なタンクの中に水を十分吸ってふくらんだ麦がぎっしり大量に詰まっている。それを見ると「立派なおいしいウイスキーになって帰ってくるんだよ！」とはげましてあげたくなる。ウイスキーとなって世に出るのは早くても十年後くらいだからなあ。

次にこれを製麦室で発芽させる。蒸溜所によっては、旧来のフロアモルティングという牧歌的な方法で行っている。すなわちフロアにぎっしり二〇センチぐらいの厚みで敷きつめた麦を木のスコップのようなもので満遍なくひっくりかえしていくのだ。

発芽した麦はキルンという乾燥塔のような所に入れられ下からピート（泥炭）を焚きながら乾燥させていく。この段階でウイスキー独特のスモーキーな香りや風味が仕込まれるのだ。

続いて六四℃に温めた「その土地のいい水」にまぜる。これを麦汁という。まだアルコール度はゼロだが、ほんのり甘くコクがあってうまいのだ。この麦汁にイーストを加えて発酵させる。ここまではビール作りの工程に似ている。この段階ですでにアルコール度八度ぐらいあり、酸味が強く、すっぱい味だ。「ストロングビール（もろみ）と呼ばれていて職人さんが時おり飲んでいるんですよ」と案内人がおしえてくれた。

乾燥塔(キルン)でピートをくべてみるシーナ。なかなか力がいる。
ピートは数千年もの歳月をかけて植物が泥炭化したもの。

フロアモルティングに挑む。
この伝統的手作業をいまも行う
蒸溜所は数少ない。

1400年代後半に建造された
「オーティンドーン城」を背にして
グレンフィディックを味わう。

五十時間ほど発酵させたものをポットスチルで蒸溜する。一回の蒸溜でアルコール度二十四度になる。二回目の蒸溜で六十五〜七十度になりこれがすなわちウイスキーの原液である。味の不安定な蒸溜したてのものと最後のものを除いて真ん中の「ミドルカット」されたものが貯蔵樽の中に入れられ長い眠りにつく。

いいウイスキーには原料の〝いい麦と水〟がきわめて重要、ということがよくわかってきた。

ザ・マッカラン蒸溜所で、いい水を探すダウザーという珍しい仕事をしている老人を紹介された。ネルソン・ジョーブラック・マッチさん。七十歳ぐらいだろうか。朴訥《ぼくとつ》な農夫という感じだがえらく話し好きらしくすぐにその水脈探しの技を解説つきで披露してくれた。

あやしい出来事

水脈探しはまず地形をくわしく見る。森の形、樹木の生え具合、根の方向、家畜が食《は》んでいる草の生育ぶりなどを注意深く総合的に観察し、両手に持ったきわめて簡単な一対の「水さがし器（?）」でその方向をさぐる。水さがし器というのは、穴のあいた握り棒の中に回転するL字型をした真鍮《しんちゅう》の棒が入っていて、これを両手に持って歩きだすとL字型の棒が自然に回転し、やがて両方の真鍮棒の動きが同調して一定方向をさし示す。水脈の位置をつかむと振子時計を改造した回転おもりを土の上で回してその水源のおおよその深さを調べる。

このにわかに〝あやしい〟出来事に最初は息を呑んだが、アフリカや日本でも昔これと同じ原理で井戸探しをする人々がいた、という話を以前、自然科学者ライアル・ワトスンの本で読んでいたので、それを実証するこのいきなりのダウザー登場は嬉しかった。ウイスキートレイルではダウザーは現代でも重要な仕事をしているのである。

翌朝、クレイゲラヒホテルで「ハギス」というスコットランドの名物料理を食べた。細かく切った羊の内臓と脂肪とタマネギをオート麦と一緒にまぜあわせ、羊の胃袋に詰めて茹でたものである。朝食としては豪華版らしいが東洋からきた穀物人種が朝からいただくには少々ヘヴィだった。しかしこの味に慣れるとたちまちやみつきになってしまうクセ者料理であるという。

鹿の谷で美女が艶然と

翌日はスペイ川上流にあるグレンフィディックの蒸溜所へむかった。ゲール語でグレンは谷、フィディックは鹿である。

いっけん銀行員のようないかにも生まじめそうなブレンダー（味や品質の最高責任者）のデビッド・スチュワートさんがガイド兼解説人としてついてくれた。

ここは文字通り谷の中にあって周囲の奥深い森から沢山の野鳥の鳴き声が聞こえてくる。その日もよく晴れて輪郭のはっきりした雲が上空をゆっくり走り、気持ちのいい風が吹きぬけていた。工場の庭の給水塔の石の上に鳥の卵が無造作に転がっている。横着きわまりないがこれでも立派な巣らしく、親鳥が近くの屋根の上から「触っちゃダメよ！」とするどく見張っている。海岸でもっぱら牡蠣を食べている（贅沢な！）オイスター・キャッチャーという鳥だった。北海からわざわざここまで卵を産みにきたらしい。命にやさしくのどかな蒸溜所なのである。

ここでも一連の製造過程を見学し、最後に貯蔵庫に案内してもらった。

ここではシェリー樽やバーボン樽、ホッグスヘッド樽などさまざまな樽を使って十五年ほど貯蔵したものを大樽でまぜあわせ、それからさらにまた半年ほど個別の樽で寝かすという方法（ソレラシステム）をとっていた。大樽の中身はうなぎや焼き鳥のタレのようなもので、半分使ったぐらいで次の分を足していく。品質を一定に保つ効果がある。ここでなんと四十五年ものというのを試飲させてもらった。

「どうですか？」と感想を聞かれてもシングルモルトウイスキーのにわか探索人にはこの味と香りを適切にあらわす語彙も表現力もない。

「えと、えっと。そうですね。眠れる深い鹿の谷で樽を抱いた美女が豊醇かつ艶然と微笑しつつ千鳥足でいくような……」錯乱しつつそのようなことを口ばしりながら素早く次の蒸溜所へむかった。その日はさらにウイスキー樽の再生工場スペイサイドクーパレッジを訪ねた。ダグラス・テイラー社長が案内してくれる。あちこちから集まってきた十四万超の樽が敷地にどおーんと山積みされている二〇〜三〇メートルの樽の山脈である。樽を分解し削り直し、内側を焼き再生させる仕事がきびきび行われている。ここで働いている職人は樽職人の学校で四年間勉強し、そのあと六ヵ月間親方についてやっと〝半人前〟という。

その一人、十六年勤務のマーチン・ヘンドリーさんの家を訪ねた。週四十時間から六十時間働く。三人の息子と娘が一人、犬が一匹。みんなで歓待してくれた。共働きの奥さんは十時頃帰宅だそうでその間お父さんと子供たちで夕食をつくるそうだ。午後の七時半。太陽の光が緑の谷のまだ上の方にあり、スペイサイドには相変わらずここちのいい風が吹いていた。

ウイスキーを手のひらにのせると
香りで樽の特徴がよくわかる。

グレンフィディック蒸溜所の乾燥塔（キルン）。

スペイ川が北海にそそぐ河口で
夕暮れどきに出会った老夫婦。

アイラ島夢酔編

＝ボウモア

五月になり、改めてスコットランドのハイランド地方、スペイ川上流にあるザ・マッカランやグレンフィディックなどの蒸溜所を訪ね歩いた。

このあたりだけでもじつに五十ほどの蒸溜所が点在しているというが、スコットランドのシングルモルトの〝聖地〟としてもうひとつ外すことができないのがアイラ島である。

憧れの〝夢酔島〟へ

海辺の波に洗われそうなところに七つの蒸溜所がある。シングルモルトの島、憧れの北の〝夢酔島〟だ。

グラスゴーから、ケナクレイグ港へ直行した。一日二便の、夕方のフェリーに間に合った。目指すアイラ島はそこから北に向かって連なるヘブリディーズ諸島の南の端にある。どんな季節に行っても美しい風景を見せてくれる島なので、「ヘブリディーズの妖精」と呼ばれているそうだ。到着までの二時間、船内のレストランでビールを飲む。一パイント一・五ポンド。一ポンドは約百九十円（取材当時）だからかなり安い。ゆったりとしたうねりの中、次第に広がっていく海峡の島々が美しい。今度もいい旅になりそうだ。

ポートアスクエイグ港からホテルまで小一時間。海沿いのよく整備された道を快適に進んでいく。時折車とすれ違うが、そのとき軽く片手を上げる、というのがこの島の挨拶らしい。

島の中心地はボウモアの町だ。ボウモアとはゲール語で大きな湾を意味する。そしてその大きな湾に面してボウモア蒸溜所の美しい建物が見える。申し訳ないぐらいによく晴れた青空をバックにカモメが数羽飛んでいる。おお、これはまさしくボウモアのラベルそのものではないか（編集部注／取材当時のラベルのこと。現在はデザインが変更されています）。ホテルに行く前に早速蒸溜所を見学させてもらうことにした。ものすごく気配りのきく元気のいいガイドのクリスティーヌさんがにこにこ笑いながら大きく両手を広げて迎えてくれた。

ここへ来るまでにボウモアに関する幾つかの本を読んできたが、常に海風にさらされた場所に立っているからなのか、ボウモアは塩の気配がするウイスキーとして有名だ。「海臭いヨードの匂い」と言う人もいる。冬の荒れた季節には海から巨大なコンブが波しぶきとともに空中に飛び出してきて、そこらの電線に絡みついたりすることもあるという。

先に訪ねたハイランド地方の、豊醇で濃厚かつ切れ味の鋭いザ・マッカランやグレンフィディックなども凄いと思ったが、アイラ島の海をそっくりその製造工程の歴史の中にとりこんだような、このボウモアの深みのある味も僕にはたまらない。

海に面したボウモア蒸溜所。
西からの風がまともに当たり、常に波しぶきに洗われている。

至福と悦楽の時間

にぎやかな機関銃のような喋り方をするクリスティーヌさんに蒸溜所の中を案内してもらった。ちょうど発芽途中の麦の鋤《す》き返しの作業が行われているところだった。四時間おきに職人が丁寧に満遍なく鋤き返していく。この昔ながらの人間の手による〝フロアモルティング〟を行っているのはスコットランドでも五ヵ所の蒸溜所だけだという。ここボウモア蒸溜所とラフロイグ蒸溜所、バルヴェニー蒸溜所、ハイランドパーク蒸溜所、スプリングバンク蒸溜所である。続いてピートで燻《いぶ》すところを見せてもらった。このアイラ島でウイスキー作りが盛んなのは全島の四分の一をピート層が覆っているからという理由も大きい。ピートとは太古の植物が堆積したもので、石炭やガスと似たような生成過程を経てできるらしい。乱暴な言い方をすれば石炭の遠い親戚、そして若い仲間とでも言えようか。アイラ島は八億年前に海から隆起し、そのため海草ヨード分を含んだ独特のピートが地表に堆積されている。これでゆっくりじっくりウイスキーを燻すので、つまりは海の香りがウイスキーの中に満遍なく焚きこまれるのだろう。

発芽中の大麦は呼吸しており、鋤き返しで酸素を与えて熱を冷ましてやる。

アイラ島では豊富な魚介類が獲れる。
生きたまま輸出されるロブスターを見せてくれる漁師たち。

工場長のイアン・マクファーソンさんがやってきて、発酵から蒸溜までの工程を説明してくれた。海べりに建つ貯蔵庫に入って、この蒸溜所で最も古い一九五七年貯蔵の樽を見せてもらった。それは見るだけだったが、一九六四年にシェリー樽に詰めたものを飲ませてもらった。これだけの年数を経るとボウモアのスモーキーな香りがなくなり、ドライフルーツのような高貴な香りがそれに取って代わる。潮の香りのする陽ざしの中でおもむろにたおやかな歴史の重みを喉の奥に流し込む。至福と悦楽の凝縮された時間だ。

贅沢な冬の火

ボウモア蒸溜所が所有するピートの採掘場に案内してもらった。掘り出し用の独特の形をした鋤があって、それでまず地表二〇センチぐらいのところを掘って平らにする。そのあたりからがピート層なのだ。専用の鋤を垂直よりやや斜めにぐいと差し込み、そのまま引き抜くと約一〇センチ四方、長さ五〇センチぐらいの羊羹状の固まりがきれいに引き出される。これを干せばつまりは燃料となるのだ。

ぼくもそのピート掘りをやらせてもらった。コツがわかると面白い。そのアイラ島の住人はそれぞれ自分のところのピートの採掘場を持っていて、冬の間の燃料にしているという。つくづく贅沢な冬の火ではないか。

もういちど蒸溜所に戻るとクリスティーヌさんがビジターズブック（芳名帳）にサインをしなさいと言う。一番最初のサインを見て驚いた。なんとエリザベス女王なのである。ぼくの前のサインはショーン・コネリーなんである。こんなところにわが名前なんぞを書いて世間が許してくれるんであろうかと思いながらもくねくね文字でサインをした。

ホテルへむかう道が真っ直ぐである。イギリスの中でももっとも長い一五キロメートルの直線道路なのだという。しかし途中で羊の大群や巨大な牛が横断したりする。その場合は彼らが通りすぎるまでじっと待たねばならないのだ。

広々とした敷地の真ん中に、お城のようにひときわ白く美しく屹立《きつりつ》するマクリー・ホテルのコテージで荷をほどき、再びボウモアの町へむかった。ボウモアの町の真ん中にまるい形をした教会があり、これがなかなかに印象的だ。一七六七年に建てられたそうだ。悪魔の隠れる隙間のないように作っていったら円形になってしまったという。銀行、

白鳥のように優雅なネックをしているボウモアの蒸溜釜。

郵便局、スーパーマーケット、学校などが集まっているが、おとぎ話の世界のような小さくかわいい美しい町であった。

生牡蠣にシングルモルト

その晩行ったレストランはスコットランドの二〇〇一年ベストシーフードパブに選ばれた地元の有名店であった。まずはボウモアで乾杯。魚のチャウダー、ムール貝の白ワイン蒸し、シーブリーム（鯛の一種）とスズキのグリル。アイラ島産鹿肉のキノコ添え、などなどといった生唾ものの料理が並んだが、ここでとにかく一番に食べるべきは牡蠣である。アイラ島産の生牡蠣にシングルモルトを垂らして食べるのだ。本日は当然ボウモアをたらりたらり。生まれてはじめての食べ方だが、いやはやそれがまたもや申し訳ないほどうまいのなんの。わが人生でいままで食べてきた生牡蠣のすべてを、あらためてこのシングルモルトがけで食い直してみたい、と思うほどの衝撃的なうまさであった。

ひと息ついて窓の外を見ると夜の海が青く光っている。波が穏やかに静まって風も止まっているようだ。

アイラ島夢中編

＝ラフロイグ

アイラ島に滞在中ずっと泊まっていた
マクリー・ホテルは、
島とは思えないような
広大な原野に屹立している、
というイメージだった。
ヒースの花がいちめんに咲き乱れる原野の
はるか先には低い山並みが連なり、
片一方には海が広がっている。

コーヒー色の水

これまで国の内外を問わずあちこちの島に行ったがこんな素晴らしい風景の中にあるホテルに泊まるのははじめてだった。二百五十年前に農場として作られた建物で、ホテルに変わってからも百年の歴史があるという。おまけにアイラ空港から車で十分ほどの距離だ。

豪華なコテージのバスタブに流れてくる豊富な熱い湯はなんと薄いコーヒー色をしている。ピートの土壌が水をそのように色づけているのだ。色はついていても普通に飲めるし、むしろ水道の水などよりもいくらか甘味があってすこぶるおいしい。そうしてさらにそのコーヒー色の風呂に浸かるとなんだか温泉気分にもなる。

このホテルの朝食のオーソドックスなメニューは、ポリッジというオートミールの粥《かゆ》にキッパーズ（ニシンの燻製）またはハドック（タラ）、それに卵や腸詰めを添えるというもので、朝からけっこうヘヴィではあるがこれがまたしてもたいへんな説得力をもっておいしいのだ。最初は、朝からニシンの燻製などいかがなものかと思ったのだが、味わいは深く、できればシングルモルトをここで一杯という気分であった。

キルンで〝ヒトクン〟に

その日はラフロイグ蒸溜所に直行した。日本の新聞広告などでその無骨な職人顔にお

海岸線の90%以上が
岩礁のアイラ島で数少ない砂浜。
北大西洋を眺めつつ
シングルモルトに酔う。

ペンシュロン系のでか馬。
こういう巨大馬に乗ると
なんだかやたら戦闘的な気分になる。

目にかかったこともある、イアン・ヘンダーソン工場長が案内してくれた。技術畑出身の人らしく、この蒸溜所でのウイスキー作りの説明はかなり専門的でいささか難しい。ここでもフロアモルティングが行われていた。蒸溜所ごとにやり方が違うらしく、ボウモアでは四時間おき、ラフロイグでは八時間ごとに鋤き返しをやっている（115ページ参照）。

他の蒸溜所では入ることのできなかったキルン（乾燥塔）に入っていいとお許しがでた。密閉されたキルンの中にはびっしりと麦芽が敷きつめられている。それを踏みつけて恐々《こわごわ》歩いていく。外から見て想像していた以上に濃厚な煙が吹き上がっている。二時間もいればぼくも全身燻製《くんせい》になってしまいそうだ。イカクンな

険しくも美しいラフロイグ蒸溜所。創業199年の歴史を誇る。

らぬヒトクンだ。敷きつめられた麦芽の至る所から満遍なく濃厚な煙が湧き上がっているのがわかる。この下でピートを焚いており、その煙が吹き上がってきているのだ。キルンの中で十八時間かけて麦芽をピートで燻すそうだ。ちなみにボウモアの場合は十二時間。この時間の差が、穏やかなピートの香りにみちたボウモアと強烈な薫香のラフロイグとの違いになるのだろう。ここでは年間三〇〇トンのピートを燃やしているそうだ。毎日大量のピートを釜に運ぶわけだが、それを運搬するのに貨車を使う。

「ただしこれは世界一短い線路ですよ」

と、ヘンダーソン工場長がしかめつらで説明する。それを見せてもらったら、本当に短い。一〇メートルもない線路だった。世界一短い線路というのはカタブツふうのヘンダーソン工場長らしからぬジョークでもあったのだ。

正しいモルトの飲み方

ボウモア蒸溜所と同じようにこのラフロイグ蒸溜所も海岸沿いに工場が建っている。

「カワウソが時々この海に紛れこんできて、こっちを眺めているんだよ。イルカも来るなあ」

工場長が海を指さしながら教えてくれた。

カワウソが近くまでやってくるという貯蔵庫に案内してもらう。ラフロイグでは貯蔵にすべてバーボン樽を使用している。

職人さんが十年ものと十五年ものの樽を開けてくれた。工場長に正しい飲み方を教えてもらう。

「まずグラスをかざして色を見ます。光を通して金色に輝いて見えるでしょう。グラスをゆっくり円を描くように揺らすとモルトがグラスの内側に付着し静かに垂れてきます。ゆっくり垂れるほどよいモルトなのです。水を少し足して手でグラスに蓋をして混ぜます。そのとき立ち昇る香りを静かに嗅ぎます。それからひと口。飲むのではなく口の中で優しく嚙むように……」

そのとおりやってみた。なるほど、柔らかい粘着度のあるモルトがグラスの内側を黄金色の蜜のように静かに垂れていくのが見える。狂おしいような香りが鼻腔を突く。両方とも五十七・三度だがそれほどの強烈さはなく、口の中にウイスキーの深い味わいが芳醇に広がっていくのがわかる。正しいモルトの飲み方をはじめて知った。

このあと昼食が振るまわれた。全部ヘンダーソン工場長の奥さんの手料理で、申し訳ないほど豪華なのである。いましがた樽から開けたラフロイグを遠慮なくぐいぐい飲ませてもらう。

「またこの島に来てもらえるようにという思いを込めて、シーナさんにアイラ島の土地をプレゼントします」

いきなり工場長は凄いことを言った。

「え、えーっ⁉　いえいえそんなものを頂いてしまっては……」

僕は狼狽してしまった。

「大丈夫です。この島の土地は広大ですから……」

そう言って案内してくれた所はまさしく広大なヒースの原野であった。

「え？　こんなところを？」

ますますぼくは狼狽する。

工場長はこのあたりがいいでしょう、と言いながら眼下の足元の三〇センチ四方ぐらいを手で示し、

「これがシーナさん、あなたの土地です」

「ラフロイグ友の会」会員には、
1平方フィート(約30cm四方)の
土地が贈られる。
これは「友の会」の看板。

「ここがシーナさんの土地です」
僕はこの30cm四方の地主になった。

と言った。

単なるジョークではなく帰るまでに正式な土地の権利書をくれるのだという。

偶然だが、スコッチ文化研究所の土屋守代表が同じ時期にアイラ島に来ていた。釣り好きの土屋さんはぼくにマスを釣ってプレゼントしますよと嬉しいことを言ってくれた。そしてその日の夕方、マスではなかったがポートアスケイグで釣った大きなポラック（タラの一種）を二尾、約束通りプレゼントしてくれた。

町のレストランでそいつをグリルにしてもらった。その夜はヒラメのムニエル、ブリーチーズのフライ、ブラックプディング、サーモンと帆立貝などもテーブルに並んだ。申し訳ないけれどそれらのすべてがシングルモルトによくあう味で、またもやしあわせな満腹になってしまった。

聴衆はアザラシ

この島のキルダルトンというところにフィオナさんという女性の音楽家がいて、海岸でアザラシたちのためにバイオリンのコンサートをひらいているという耳寄りな情報を得た。早速連絡をとり翌日会えることになった。ほとんどすれ違う車もないような、森の中の道をずんずん行った先にフィオナさん一家は住んでいた。

昔の農家を改造した家の広い中庭にいろんな動物が自由にうろついている。牛が寝そべり何匹もの羊が疑わしげな目でこちらを眺め、鶏がコココッと素早く走り回りアヒルの一家が軒下を行進している。数匹の犬がうろつき回り猫はあちこちで昼寝している。屋根の上では孔雀がうっとりと羽根を広げている。なんだかわからないけれどこういう世界もあるのだろう。

早速海にむかうことにした。ボートで十分ほど行った岩礁地帯に入ると、岩の上に数十頭のアザラシが昼寝しているのが見えた。思ったより巨大で二、三メートルのものもいる。ボートが近づくと、それがフィオナさんの船だとわかるらしくアザラシたちはどぼんどぼんと海に飛び込んでいく。

フィオナさんはおもむろにボートを停め、慣れた様子でひらりと岩の上に立った。そしていきなり、やるせないセレナーデを弾きはじめた。すると海中からポコンポコンと何頭ものアザラシの丸い頭が飛びだしてきた。フィオナさんを取り囲むようにして演奏を聞いている。三曲連続して演奏し、コンサートは終了。するとほぼ一斉にアザラシたちは海中に戻っていった。

元々はフィオナさんが海岸でバイオリンの練習をしていたらいつのまにかアザラシが寄ってくるようになり、彼らが演奏を聞いていることがわかったのだという。二十世紀のはじめにこの辺に住んでいた人がフルートをアザラシに聞かせていたことがあったらしい。さらにもっと昔は葦笛を聞かせていた人もあったという。この地でアザラシが安全に暮らせるよう、フィオナさん一家はここを保護区域にする運動を続けているそうだ。

短い時間ではあったが、シングルモルトを訪ねる旅は、今回も濃厚ないい時間を満喫できたのだった。

山崎勇躍編

＝山崎①

山崎に着いた。
駅から一分も歩かない所に
西国《さいごく》街道が
よこたわっている。
空はやや雨模様だが
空気がきりっと引き締まって冷たい。
東京では早々と桜が
満開となった。

〝天下分け目の大合戦〟天王山の麓、山崎峡に立つ

山崎峡の桜はどんな具合か予想もつかなかったのだが、街道沿いにある桜の花の開き具合から見るとまだせいぜい三分咲きといったところだった。

西国街道の曲がり角に小さな川がある。幅一メートルもないが澄んだ水が流れていてじつに美しい。その傍らに「これより東山城国《ひがしやましろのくに》」の石碑が建っていた。この小さな川が山城と摂津《せっつ》、つまりいまの京都府と大阪府を分ける府境となっているのだ。大阪府と京都府を跨いで、目の前にある安藤新聞本舗の古ぼけた看板を眺めると『毎日グラフ』とか『カメラ毎日』など、いまはない雑誌名が書かれている。

西国街道は別名山崎道とも呼ばれ、京都の東寺《とうじ》を起点にいまの大山崎町、高槻市、茨木市、箕面市、伊丹市の五つの宿場を通って西宮市まで結ぶ六四キロの街道だ。

ぜひ寄っていくといいですよと勧められた天麩羅屋「三笑亭《さんしょうてい》」は、京都と大阪を跨いだまま右横をむいたところにあった。創業百余年。お隣の離宮八幡宮《りきゅうはちまんぐう》は油の神様で、ここで初めて荏《え》ゴマを搾って油を製造したそうだ。店に入る前に油の神様にお参りした。いろんな食用油メーカーの油が缶ごと奉納されている。油の神様の隣の天麩羅屋さんであるからこれは普通の天麩羅屋さんとはちょっと格が違いそうだ。揚げたての天麩羅がでてきた。まずはモルツで乾杯し、コロモ厚めの絶妙な海老天麩羅をいただく。

律義そうな四代目のご主人が、この店の宝物のような西国街道の絵地図を見せてくれた。

「このあたり、道の位置が昔と殆ど変わってないんですよ」と街道筋の絵をなぞりながら丁寧に説明してくれた。

外に出ると雨は上がり少し視界が開けていた。このあたりの地形をもっとよく見るために、車でかなり上まで行けるという山崎の対岸の男山《おとこやま》に登ってみることにした。住宅地にもなっていてそこそこ家が建ち並んでいる。頂上の展望台まで上がると広い川原がそっくり見渡せた。

京都の北側から流れる桂川と、琵琶湖を源流に流れてくる宇治川、加茂のあたりを経由して南側を流れてくる木津川がこの山崎峡で合流し、淀川となって四〇キロほど先の大阪湾に流れていくのだ。温度差のある水が合流するので

天王山中腹から見た三川合流。

川面から常に霧が発生する。この霧がもたらす湿潤な気候がウイスキーの熟成にいいのだという。

向かい側に標高二七〇メートルの天王山が見える。本能寺で織田信長を討った明智光秀と、豊臣秀吉が天下分け目の戦いを繰り広げた所である。その麓《ふもと》あたりに特徴あるキルン（乾燥塔）のような角を二本尖らせた、サントリー山崎蒸溜所がある。ここまで来たなら天王山にも登ってみることにした。

天王山には若干の恨みがある。といっても、かつてのわが家系の主君がこの戦で討ち取られたなどというたいそうなことではなく、五年ほど前だったかこの山の下を貫く天王山トンネルに閉じ込められたことがあったのだ。奈良で仕事を終え、夜半に京都に帰る途中だった。気持ちは冷たいビールにすっかりむかっているのに、トンネル出口でトラックの玉突き炎上事故が起こりビールどころではなくなってしまったのだ。排気ガスに包まれたままの数時間の呼吸の苦しさを思い出しながら山頂のいい空気をたくさん吸ってみたい。

登山道は素晴らしい竹林の中を行く。太くて長い孟宗竹《もうそうちく》だ。日本は竹の北限らしいと何かの本で読んだ記憶がある。またタケノコを工夫して料理し食するのは日本だけらしい。そういえば先程の男山には山頂にエジソンの記念碑があり、なぜここに？　と驚いた。発明王エジソンが電球のフィラメントの材料にこのあたりの竹を用いたのを記念した石碑であった。山崎峡は昔から豊富な竹林に覆われて、これが良質の水を蓄えていた。その湧水がうまいウイスキーのもとになる。

いざ山崎蒸溜所へ。約九十年の伝統と歴史

天王山を下って山崎蒸溜所に到着。松山工場長がやや無骨な顔をほころばせながら待っていてくれた。ここ山崎蒸溜所の操業開始は一九二四（大正十三）年十一月十一日、日本初のウイスキー蒸溜所だ。二〇一四年には九十周年を迎える。

このところシングルモルトに目覚めてしまったぼくは、スコットランドのハイランド地方やアイラ島などのシングルモルトウイスキーの蒸溜所を続けて訪ねてきた。一日のうちに激しく変わる気象や、ツンと研ぎ澄まされたような空気、至る所から聞こえるせせらぎの音など、ウイスキー作りにいかにも適した場所としての共通性を山崎にも強く感じた。

樽は輪木積み(りんぎつみ)と
呼ばれる貯蔵方法で、
貯蔵庫に眠る。

創業当時の1924年の刻印がある貯蔵樽。

創業当時の蒸溜釜。
日本で製造された最初のもの。

「そうですね、三つの川が合流するので霧はしょっちゅう出るし、竹林の湧水がやはり醸造にうまく作用しているようですね」

「この場所を創業者の鳥井信治郎さんがみつけたというのはすごいことですね」

「当時は社内外の猛反対にあったようですよ。ウイスキーはまだ日本人に知られていなかった時代だったし、ウイスキーは出来上がるまで十年は必要でしたからね」

「慧眼だったんでしょうねえ」

「この場所を蒸溜所に選んでよかったことのひとつに、戦争中、京都は爆撃されなかったことがありますね。裏山に穴を掘って樽を隠し、原酒を守ることができたんです」

そんな話を聞いているところに、戦時中の学徒動員からずっと、定年になるまで四十六年間勤め上げたという藤井昌尚さんが顔を出した。七十一歳（取材当時）。こうして懐かしさをこめて時々顔を出すのだという。

「鳥井信治郎さんはものを大切にする人でした。よく本社から黙ってやって来たと思うといきなり現場に入ってくる。あるとき、大麦を水に浸す作業中だったんですが、麦を少しこぼしてしまったんです。現場では何も言わない。あとで事務所の管理者にきっちり注意をしてゆかれました。現場には優しく、上には厳しい、そんな人でしたよ」

蒸溜所の昔といま

当時のウイスキー作りの話を聞いた。

「昔は十月から四月がウイスキー作りの季節でした。毎日三トンの麦を製麦したものです。二十四時間休みなし、八時間三交替制でした。蒸溜釜の余熱を使って風呂を作りましてね、一日中風呂に入れました。近所の人もよく風呂をもらいに来ていましたね」

工場の中庭に最初の蒸溜釜が置いてある。松山工場長がそれを指さし説明する。

「大阪の鉄工所が日本で最初に作った蒸溜釜です。スコットランドで勉強していた技師が持ち帰った設計図を渡して、作ってくれと頼んだようですね。いま思えばよくこんな立派なものが作れたと感心しますよ。出来上がったこれを蒸気船に乗せて淀川を上ってきたんです。陸に揚げてからはコロでゆっくり運んで、東海道線の線路を渡るときは汽車が通らない深夜に運んだようです」

これまで見てきたスコットランド各地の蒸留所では発酵槽をいつも上から覗くだけだったが、今回は下から見学することができた。一九八九年から使われているもので、貫禄のある分厚い木でしっかり組まれていて圧倒される。蒸溜釜にもいろいろな形がある。

「釜の形によって微妙に仕上がりが違ってくるんです。首の長い釜は比較的ライトな味、ずんぐり型はヘヴィな味、中央部に楕円の膨らみのあるバルジ型はスッキリ味というように作り分けることができるんです」

釜の真ん中あたりにピカピカ光っているいかにも新品ですという顔つきの釜があった。聞くとまだ火を入れていない釜で、これから活躍してもらうんですよ、と松山工場長はうれしそうに言った。

山崎水郷春望編

＝山崎②

山崎蒸溜所の入り口から背後の山の方向へ
広い道がのびている。
工場の中の私道のように思えるが
実は公道で、その道の先に椎尾神社がある。
山崎の氏神であり、
蒸溜所のモルトウイスキーも奉納されている。
一般の人の参拝も多いし道の先に住居もあるので、
蒸溜所の間をいろんな人が行き来している。

樽貯蔵庫で職人芸に感嘆する

椎尾《しいお》神社ではこの蒸溜所でウイスキー作りが始まった日時にちなみ、毎年十一月十一日十一時十一分にウイスキー作りの無事と繁栄を願って、巫女《みこ》さんによる神楽《かぐら》が奉られるという。

京都に泊まり、その日はゆっくり一時間程かけて山崎蒸溜所にやって来た。午前中は快晴だったが、空のあちこちにどうもあやしい雲が流れている。ひょっとすると今日もひと波瀾ありそうだ。この変わりやすい天候も、スコッチウイスキーの蒸溜所が沢山あるスコットランドの谷や島と気配がよく似ている。椎尾神社に参拝したあと、今日も松山工場長の案内でウイスキー作りのよもやま話を現場で聞くことになった。ウイスキー作りに非常に重要な、貯蔵についていろいろ説明してもらうことになっている。貯蔵担当の米谷《こめたに》さんは親子二代この蒸溜所勤めだ。生まれも育ちもここ山崎なので、これまでただの一度も電車の定期券を持ったことがないという。

貯蔵庫は、これまで見てきた世界のウイスキー蒸溜所のそれと同じように、独特の静けさの中でウイスキーが静かに長い時間熟成されている気配に満ちている。平均的な樽は六〇〇キロの重さである。これを三段から四段に積んである。輪木積《りんぎ》みというそうだ。床に輪木という木製レールを敷き、樽を転がしていき、ダボ栓という栓が上にくるようにきちんと並べ楔《くさび》で固定する。その樽の上にまた輪木を敷いて、二段、三段にしていくのである。留めてある楔が思いのほか小さなものなので、素人目にはちょっと不安に思う。

「一九九五年の阪神淡路大震災のときはこのあたりも震度五はあったんです。すぐ駆けつけましたが、何ともありませんでしたね。この積み方はとにかく頑丈なんです」

松山工場長が言った。米谷さんがそのうちのひとつを転がしてきた。六〇〇キロを一人で自在に操っている。職人技というやつだろう。

ダボ栓を開けるにはそのまわりを木槌で思い切り叩く。やらせてもらったが、コツがあるようでまったく栓が浮き上がってこない。米谷さんが簡単に開けたそこから独特の形をした抽出器を差し込み、ウイスキーを取り出してそのままグラスに入れた。まだ睡眠中の原酒を飲ませてもらった。木樽とモルトの香りがうまく合わさって頭がくらくらするようだ。樽から直にいただくウイスキーは申し訳ないほどするどく鼻腔を突いてうまいのなんの。

樽づくりに初挑戦

松尾さんは樽職人としてこの道二十九年。樽の構造をわかりやすく説明するために、二三〇リットル入るホッグスヘッド樽を解体してくれるという。道具は大ぶりのハンマーと先端が尖って真ん中にへこみのある特殊なハンマーのふたつ。これを使ってまずは樽の帯鉄を一本一本はずしていく。あっという間に全部がばらばらにほどけていった。丸みを帯びた樽板は側板とよばれていて三十三枚。これに鏡と呼ぶ丸い蓋を組み合わせ、釘は一本も使わない。今度はそれを元の樽に組み立てて見せてくれた。十分もかからない。ぼくも挑戦させてもらった。ぎこちないけれどなんとか松尾さんの三倍ぐらいかかって分解、組み立てることができた。思った以上にハンマーが重くひと通りやると両手がだるい。

貯蔵所の裏はきれいな水の池がある庭であった。山崎峡のあたりは万葉の昔から水生《みなせ》野《の》と呼ばれる名水の里で、その清流の美しさは、

見渡せば　山もと霞む　水無瀬川《みなせがわ》　夕べは秋と　なに思ひけむ

（新古今　後鳥羽上皇）

などと詠みつがれてきた。一五八二（天正十）年に、千利休もこの山崎の地に有名な

茶室を作っている。今の山崎のウイスキー作りの成功はこのミネラルを程よく含んだ、涸れることのない水を見つけたことにその多くが集約されているのだろうなと思った。

その庭の背後は鬱蒼《うっそう》と繁る竹林である。蒸溜所の地所でもあるので、毎年四月の中頃は職員総出のタケノコ掘りがあるそうだ。

日本産の樽が育んだ伽羅の香り、神社仏閣の香り

昼食のために蒸溜所内の待合室に戻ると、山崎のモルトが熟成年度順に並べられていた。ひとつはもっとも新しいニューポットの蒸溜液。まだ色も付いていない。続いて十二年、二十二年、三十二年、四十二年のものが並んでいる。順番に飲んでいくと、たしかにウイスキーというのは熟成の度合いが深まっていくほど香りや味の奥ゆきが深くなり、口当たりがまろやかになっていくということを実感した。三十二年ものは伽羅《きゃら》の香りがするという。

「わたしらは、神社仏閣の香りといいます」

米谷さんは笑ってそう言った。四十二年ものは北海道のミズナラを使った和樽で熟成

したもので今まで口にしたことのないような高貴な香りがする。これくらいになると、売ればボトル一本五十万円ぐらいするそうだ。ということは一本七〇〇mℓとして、わが目の前のグラスに三〇mℓ入っているので、ショットで約二十三杯。するとこれは一杯二万円ぐらいの値段になる。びっくりして残さず全部飲み込んでしまった。

蒸溜所の隣に山崎ウイスキー館があり、沢山の見学客でごったがえしていた。初期のサントリーウイスキーの新発売を告げる新聞広告が目に留まった。

醒めよ人!
舶來盲信の時代は去れり
酔はずや人
吾に國產　至高の美酒
サントリーウヰスキーはあり!

紙も刷り文字も古めかしいが、ここで語られている息吹がなんだか不思議に現代に通じる力強さを持っている。

樽の解体と組み直しに挑戦。

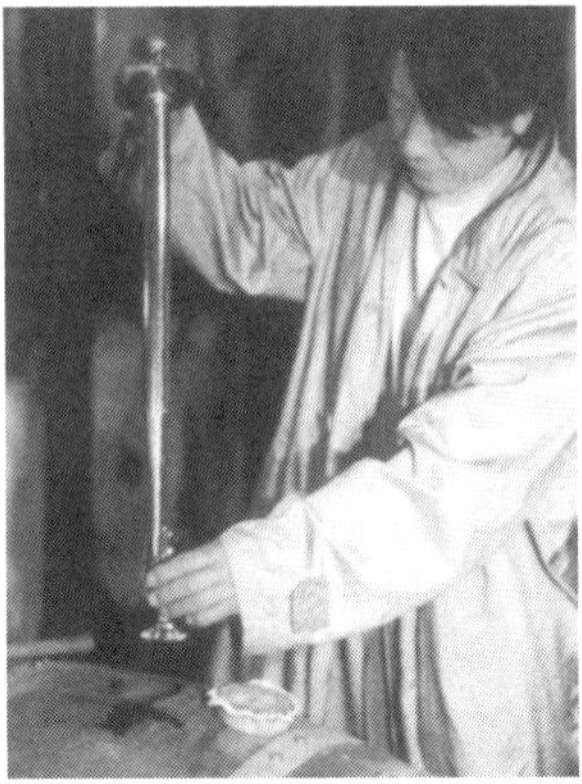

眠っている原酒を試飲。

約7000本の原酒が並ぶ圧巻のウイスキー館内。
琥珀色のグラデーションが異空間の雰囲気を漂わせている。

「創醸10周年記念賞品つき優待特売！　サントリーウイスキー1本で16ミリ映写機一台！」などの懸賞広告も出ている。思わず応募したくなってしまった。昔の広告にはいまとは別の夢とイキオイがある。

蒸溜所の近くにある大山崎歴史資料館にも寄ってみる。天王山の合戦をはじめとして、奥の深いこのあたりの歴史を勉強した。

この近くに宝積寺《ほうしゃくじ》という古い寺があり、打出《うちで》の小槌《こづち》で有名なところだ。例のおとぎ話に出てくる打出の小槌の現物があるという。しかしこれはみんな間違って解釈しているようで、打出の小槌ではなく、打出というものと小槌というものが別々にある。小槌の宮というお堂の中で祈禱をしてくれるという。お堂の天井からは大黒天と書いたおびただしい数の提灯がぶら下がっており、祭壇には大黒天のふくよかな顔が見える。

祈禱には二十分ほどかかった。袋を渡されそこに家内安全、家族健康の祈りが打出と小槌によってこめられる。するとその袋の口を輪ゴムでしばり、一言もしゃべらず振り返らず山門まで出なさい、と言われた。その通りにした。

あとで文献で調べると夏目漱石の奥さんもここで楽しい祈禱を受けたという記述がある。その足で水無瀬川の源流を訪ね、夜は山崎駅前にある「ヒロ」という喫茶店と居酒屋が合体したような店で、蒸溜所の皆さんとシングルモルトで乾杯した。スコットランドでは乾杯を「スランジバー」と言っていた。ここでは当然「ヤマザキイー！」であった。

話は弾み、心地のいい夜が更けていった。

白州森の涼風編

＝白州①

晴天である。
小淵沢《こぶちざわ》駅で取材スタッフたちと待ち合わせた。
この高原の駅に来るのは
二十年ぶりぐらいだろうか。
学生の頃からサラリーマン登山時代まで
度々この駅に降り立ったものだ。

至るところに名水がわき出る森の里

まずは車で笹尾《ささお》塁《るい》跡に向かった。駅から十分も走らないうちになんだか魔法のように素晴らしい風景の開けている崖の端に立った。谷を隔ててぐわりとそそり立つ南アルプス連峰が思いがけないほどの威圧感で眼前に広がっている。ひときわ目立つ甲斐《かい》駒ヶ《こまが》岳《たけ》の麓あたりに扇状に広がるのは白州《はくしゅう》峡。広大な緑の中に点在する建物はサントリーの白州蒸溜所だ。

この場所に立って白州の麓を見るのはこれが二回目であった。何の旅の折りであったか、もうすっかり忘れてしまったが、偶然この見晴らしのいい一角に立って同じ風景を眺めていたことがある。白州という地名は南アルプスの雄峰、甲斐駒ヶ岳一帯の花崗《かこう》岩《がん》の岩肌を急峻な尾白川《おじろがわ》や神宮川の流れが削り取り、白い砂の扇状地が作られたところからきている。白い砂の洲《す》であるから白州という訳だ。至るところ名水がわき出る里でもある。

その名水を使ったうまいソバを食べさせてくれる「翁《おきな》」という店へ行くことにした。全国からソバ好きが集まる店だという。名人技で名を馳せるソバ屋は時として妙に求道的な気配があったり店の人や客が必要以上に厳粛だったりして油断がならなかったりする。緊張して臨んだ割りにはなんだかボソボソの固いソバを出されたりすることがあるからやや警戒していたのだが、その店は構えも雰囲気もそれほど気張ったところもなく、あっさりした気配なのでまず安心した。

メニューは「ザル」と「田舎」の二品のみ。ザルは白めの標準的な盛りソバ。田舎は黒めの盛りソバでどちらも八百四十円（取材当時）だった。ぼくはあまり気張っていない感じのザルの味と風味が気に入った。あっと言う間に三枚連続食い。その後店長の大橋誠さん（当時三十六歳）のソバ打ちを見せてもらった。漆塗りの巨大な鉢に一・五キロのソバ粉を入れて少しずつ水を差しながら丁寧にこね、テキパキと打っていく。一回で十五人前である。土、日は早朝三時から打ちはじめ、夏の混み合う時期は日に二十回も打つという。大橋さんのついと切れ上がった職人ふうの鋭い目がなかなかいい。

まさしく森の谷のウイスキー

久々のうまいソバにすっかり満足し、その足で近くのラングラー牧場へ行った。二度ほどここの馬と牧場主にお世話になったことがある。ところが、その牧場主の田中さんは数年前に急病で亡くなっており、息子の田中光法《みつのり》さんが代を継いでいた。カウボーイハットにウエスタンブーツ、巨大なバックルのついた革ベルト、雰囲気は先代をそっくり受け継いでいた。ここでよく乗ったリリーというおとなしくて力のある馬も、この年の春急逝したという。牧場主にもリリーにも久しぶりに会えるのを楽しみにしていたのだが残念であった。

田中さんと一緒に馬で近くにある信玄棒道《ぼうみち》を走った。武田信玄が北信濃攻略のために作った軍用道である。北信濃までを最短距離で結ぶためほぼ一直線に作られているので棒道と呼ばれている。先代ともこの道を、やはり熱い日差しのなか気持ちよく突っ走った記憶が蘇る。前回と格段に違うのは、そのあたりの別荘の数の多さであった。

「毎年どんどん増えています。分譲募集すると一日で売り切れてしまうそうですよ。不景気というけれど、そればっかりではないんだなと感心しています」

息子さんが先代と同じような口ぶりで言った。

夕景を写真に撮ろうではないかと、駒ヶ岳神社のすぐ横を流れる尾白川の吊り橋を渡り、そこから谷に降りた。なるほど谷川の砂は白く広がり、いかにも硬そうな花崗岩の連なりを冷たく鮮烈な飛沫《しぶき》をあげて尾白川の渓流が勢いよく流れている。シェラカップでその水をすくって飲んだ。ミネラルのたっぷり溶け込んだ味の深い、美しい水であった。小さな流木を幾つか集め焚き火をおこす。炎の爆《は》ぜる音は谷川の水音にかき消されてしまう。「白州」をシェラカップにいれてストレートで飲む。まさしく緑の谷のウイスキーである。

この前年ぼくはこのシングルモルトウイスキーを訪ねる旅で、スコットランドのハイ

「名水百選」に選ばれている尾白川にて、持参のシェラカップで「白州」を飲む。
気絶しそうなほどうまい。

ランド地方やアイラ島に行った。ハイランドの薄いコーヒー色をした水から作ったウイスキーと、アイラ島のやはりピート層をくぐった薄茶色の川の水から作ったウイスキーは、緑の丘と、海の激しい波と風の気配を存分に味わわせてくれた。あのときの、喉から頭の先へツンとぬけていくような、透き通った酔いの積み重ねをにわかに思い出す。白州の森のウイスキーを白州の谷の渓流で割って飲む。贅沢な喜びの一瞬である。谷を流れる水はまさしくマザーウォーターなのである。

白州町は山梨県と長野県の境目に位置している。そのため〝国界〟の名が付いた店がいろいろある。パチンコ国界、ホテル国界、定食屋国界などなど。その日の夕食は定食屋国界でどーんといくことになった。運送業のトラック野郎相手に商売しているからなのか、どのメニューもやたらに量が多い。ぼくはソースカツ丼とラーメンを注文した。歳の割りには食いすぎるとよくいわれるが、鼻孔をくすぐる森の空気と水のうまさは当然食欲を増進させてくれるのだ。

白州の森をわたる風

翌日サントリー白州蒸溜所を訪ねた。宮本工場長が迎えてくれた。宮本さんはこれまでアメリカの樽材会社に五年、イングランドに四年、スコットランドに五年、計十四年間海外のウイスキー蒸溜所関係に勤めている。スコットランドではアイラ島のボウモア蒸溜所にいたというので、前年そこを訪れたぼくにはその蒸溜所の話がじつに懐かしい。

「それではまずこの蒸溜所で一番高い所に行ってみましょう」と、麦芽サイロ塔の屋上に案内された。ビルでいうと八階建てぐらいになるだろうか。屋上からさらに鉄の階段梯子を上る。至るところクモが巣を張っている。階段の下にちびた竹箒《たけぼうき》が置いてあり、それはクモの巣をからめ取る道具であった。階段梯子を上がりてっぺんから周囲を見回す。前方にそびえる山の向こうにさらに大きくのしかかるようにせまっている南アルプス連峰がぐいとそそり立ち、反対側には八ヶ岳が正午前の強烈な陽光に光っている。緑の谷をわたる風がすこぶるここちいい。

「蒸溜所ができた三十年前は樹々がいまの高さの半分ぐらいで、蒸溜所の屋根が全部見えたんですよ。いまは木が伸びて森がすっかり育ち、屋根の見えないところが増えました。工場を作ると森が壊れるといいますが、反対にここでは森を育てているんですよ」

白州の森は半分が赤松で半分がミズナラやクヌギの広葉樹である。

「こうしてみるとここはまさしく森のウイスキー蒸溜所ですね。アイラ島の蒸溜所は海のウイスキーを作っていましたが、ここで貯蔵されているウイスキーは森の空気や気配を長い時間かけてたっぷり吸い込んでいるんでしょうねえ」

「そうですね。私もこれまでずいぶんいろんな蒸溜所を見てきましたが、森の中の蒸溜所というのはここだけなんですよ」

てっぺんの見晴らし台から下りると我々の案内係の一人、古屋さんが階段の裏で何やらごそごそやっている。

「蜂の巣があったんでね。蜂の子を餌にしようと思って取っていたんですよ」

古屋さんは明日、我々を尾白川のイワナ釣りに案内してくれることになっている。

白州森の清流編

‖白州②

アイラ島のラフロイグ蒸溜所で
麦芽をピートで燻すキルンの中に
入れてもらったことがある。
ピートの煙で燻製される
麦芽の気持ちを味わった訳だが、
白州蒸溜所では麦芽を糖化させる
仕込槽がちょうど空いていたので、
その中にもぐり込ませてもらうことになった。

「ウイスキーは生き物なんですよ」

ウイスキーを仕込む〝家〟のようなところに入れてもらった。麦がウイスキーになっていく気持ちを文字通り身をもってトータルで味わいたいという望みが、じわじわと達成していくようだ。

麦芽をお湯で糖化させるのが仕込槽だが、中に入ってみると、思った以上に大きい。中の雰囲気はモンゴルの遊牧民が暮らしているゲルのような感じだが、全体を形づくっているのはすべて金属の板である。驚いたことに五〇センチ四方ぐらいのパーツがぎっしりパズルのように組み合わさってできている。掃除をするときは、順番に一枚一枚はずして取り出し、よく洗い、それをまた順番に一枚一枚組み合わせていくのだという。職人芸でなければできない世界だと直感。

その隣には十基の木桶の発酵槽が整然と並んでいる。近年では、この発酵槽は手のかからないステンレス製が増えてきたが、こだわりのある蒸溜所ほど手入れの面倒な木桶を頑固に使っている傾向がある。木桶は気温や湿度によって収縮や膨張があるから、そのコントロールが大変だがその反面、保湿性に優れているのだ。

宮本工場長が建物の周囲の窓を指さし、

「あの窓の開閉も、どこをどのぐらい開けるか、あるいは閉めるかということを瞬時のうちに判断する名人技の職人がいましてね。発酵に関係する乳酸菌などの微生物やこの森の空気の流入が複雑にからんでくるのをコントロールしているんですよ」

「なるほどね。ウイスキー作りの環境はいろんな自然のファクター、とくにいろんな生き物の影響を考えなければならないんですね」

「そうなんです。ウイスキーは生き物なんですよ。だから工業的に作ろうとすると失敗しますね。私ら技術者は工業的にアプローチしますが、最終的にはわからないことばかりです。ただし周囲の自然がウイスキーの基本を作っていることだけは確かです」

麦がウイスキーに変わっていく気分を味わうために、次は蒸溜釜の中に潜入した。潜水艦のハッチを思わせる頑丈な扉を開けてそこからするりと入っていく。上手に入るためのコツがあるそうだ。発酵させたもろみをこの蒸溜釜に入れて直火《じかび》で焚く。ここでアルコール度数七十度のウイスキーが出来上がるのだ。純粋なウイスキーの赤ちゃんの誕生である。

蒸溜釜の威容を見上げる。外は眩いばかりの新緑である。

森の貯蔵庫に酔う

蒸溜所の周辺に広がっている森を散策することにした。人間の手がほとんど入っていない原生林に近い。

「太陽が出ていてもその方向がわからないと、ときどき迷うことがあるんですよ」

案内してくれた宮本工場長が辺りを見回しながら言う。

「まだ動物がいるんですか?」

「たくさんいますよ。確認されたものだけで八十五種類います。ときどきイノシシが掘ったでかい穴があったり、マムシと出遭うこともありますよ」

まさしく木漏れ日の中を何種類かの鳥がすばらしい速さで飛んでいく。

食事の後に貯蔵庫を見せてもらった。いいウイスキーになるためにはこの貯蔵庫で最低十年間は眠らせなければならない。普段はあまり開けることのない巨大な六号貯蔵庫を特別に見せてもらった。黄色いシャッターを開けたとたんに、ウイスキーの強烈な匂いが灼熱の太陽の下に吹き出してきた。酒に弱い人がこの匂いを嗅いだらとたんにその場で卒倒してしまうくらいのアルコール臭だ。

「空気の中に濃厚にアルコールが混入してますからね。酒に強い人でもこの中で作業しているとほんのり酔ってくるんですよ」

体験していない人にうまく伝えられないのがもどかしいけれど、まさしくシングルモルトを空気や皮膚で味わうという感じである。この中には三万超の樽が入っているという。スタッカークレーンという上下左右自由に動くことができる樽取り出し用の不思議な乗り物に乗って、左右九一五メートル、奥行き四二メートル、高さ一六メートルの巨大な倉庫の側面を自由自在に動き回る。なんだかSF映画の一場面を見ているような気分である。

その近くに南アルプスの天然水を製造する工場があった。地下深い井戸から直に取水する天然水のうまいこと。

その後リチャー場に寄った（編集部注／現在は非公開となっています）。十数年ウイスキーを貯蔵した樽の内側をいったん燃やし、水をかけてからそれを再使用するという、蒸溜所でなければ見られないような不思議な風景の現場である。

白州の森で過ごした贅沢な夏休み

いい天気が続いているので、そのあと尾白川の渓谷に出てイワナ釣りに挑み、うまくいったらとりたてのそれを肴に「白州」を飲もうではないか、というなかなか魅力的な目論見の渓流歩きに出発した。林道をつめている途中でヤマカガシが我々の前を横切った。夏のヘビは暑そうである。ひと汗かいた頃、尾白川渓谷の不動滝に着いた。豪快な水量豊富の滝が落ち、深緑のいかにも冷たくてうまそうな水をたたえた滝壺の淵は見ているだけでここちいい。滝からびょうびょう冷たい風が弾き飛ばされてくる。岩の上にひっくり返り、その滝からの飛沫と風を浴びているだけで寒くなるほどだ。いやはや本日も贅沢な午後である。

蒸溜所の品質担当マネージャー古屋さんの指導のもと、取材スタッフのN君、S君らがあちこちで釣り竿を振り回す。

「おーい、頼むぞ。今日の山旅の成果のすべてはあんたらの竿にかかっているんだぞ」

恫喝《どうかつ》するだけで何もしないぼくは、岩の上で天然冷房に満足しながらただそう叫ぶ。

しかし釣果がないままだいぶ遅い昼飯時間となったので、持参したソーメンを食べることにした。その日は七人もの男がいるのに用意してきた二つの鍋は小ぶりのせいぜいインスタントラーメンを作る程度のもの。ガスバーナーが二つあるので、二つの小鍋を駆使してどんどんすばやくソーメンを茹でることにした。

ソーメン作りには一家言も二家言もあるぼくがここは強引に出張っていくことにした。

名水で茹で、名水で冷やし、つゆを割るのも尾白川の水。究極のソーメン。

水がきれいすぎるのか。シーナが下手なのか。釣れないときは釣れない。

量だけは沢山ある。ソーメン適正量をよく知らない仕入れ係のN君が一人分六束も買ってきたから、七×六＝四十二束のソーメンである。こんなものを荷物に持って帰るのもバカバカしいので全部食おう、ということになった。幸いなことに渓流で作るソーメンは茹で上がったら即座に渓流で冷やし、水もすぐ補給できる。

とにかくほいほい、ほいほいソーメンを茹でる。まるで駅のスタンドそば屋状態だ。激しいイキオイで作るのでみんなも激しく食う。自然の中で食べるソーメンはまことにおいしい。

とりわけ暑かったこの夏の数日間を我々はサントリー白州蒸溜所の周辺をあわただしく動き回った。朝から晩まで森の空気を存分に体の奥に吸い込みながら、冷たくておいしい水とでっかい空と、そこで出会ったさまざまに楽しい人々との三日間は、いろんな場所で子供の頃を思い出す贅沢な夏休みでもあった。

第3章

ビールがいつも旅人を助けてくれた

旅の車窓に、旅の宿に、テントの出入口に、いつもビールがあった。

やつは陽気で、きまって「早く飲め、早く飲め」と旅人を誘った。遠慮せずにしっかとグラスを握り、一気にあおった。

そういう旅をずっと続けてきた。

「うみ・そら・さんごのいいつたえ」という映画は毎日炎天下での撮影だった。夕方七時頃に宿舎に帰ってくると、塩がシャツの上で粉をふいている。体の中の水分がほとんど汗となって出つくしてしまった気分だ。

八十人がいっぺんに座れる巨大テーブルの前にどしんと腰をおろし目の前につめたくつめたく冷えたビールをおいて「ああ……」とひそかにうめく。心の底からわきでてくるヨロコビのうめき声だ。

「では本日も……」と、撮影チーフが目の前の自分のビールにむかって明るくあいさつ。

「ごくろうさんでした」照明マンがやっぱりビールを見つめてカン高い声を出す。プシプシプシとあっちこっちで期待のフタあけ作業。おのおの自分の目のあたりに素早く掲げ、カメのようにそいつにむかって首をのばす。人生のいわゆるひとつのしあわせの静寂が数秒あって、ひさしのむこうから熱風が一瞬ぐわり。いまだにしぶとく熱いそんな風も今はすっかりうれしいような……。

日本列島の最南端にある島、波《は》照間《てるま》島《じま》に行った。浜に出たときのバクハツしているような白くトビチル陽光がうれしかった。

ニシ浜にテントを張ったけれど朝七時の直射日光がもう裸の背に痛い。とてもテントの日かげなどにとどまっていることはできない。カヌーを組みたて、クーラーボックスをのせてサンゴの海に出た。波ひとつないおだやかな、あれはぐんじょう色というのだろうか。そういう色の海の上にカヌーをとめ、クーラーボックスの中からよーく冷えたビールを取りだした。

頭の上の空には日本の正しい南の島の盛夏を祝って、海の色と競うような、やっぱりぐんじょう色がひろがっている。南の水平線の白すぎる積乱雲にヨロコビの乾杯をして、ゆらゆらのカヌーの中のひえひえのビールをあおったとき、ぼくは本気でひと声「ウメーゾーッ」と吠えてしまったのだった。何事か？　とタコが水面から顔を出す（わけないか）。

久しぶりに徹夜をした。少々気合いの入った小説を書き終えたのが、朝の五時だった。

こういうときは気持ちの底が妙にコーフンしているから、そのまま布団に入ってもなかなか寝つけない。じたばたしているうちに夜が明けてしまったので、そのままずっと起きていることにした。

その日は午後から映画の試写会を見て、夕方から病院へ行った。入院している友人のお見舞いをして、そのあと印刷所の校正室へ。

徹夜でヨレヨレ化した体には少々厳しい一日だった。けたたましく遅れてしまった雑誌原稿のゲラに目を通し、赤エンピツをパタリとおいて午後九時半。本日の業務はすべて完了。編集部のオニのF君がいつのまにかオニからカミサマホトケサマのF君に変身してぼくの目の前にぎゅんと冷えたビールを置いた。

土佐の高知で鯨《げい》やん夫婦と会った。鯨やんというのは勿論あだ名で、あだ名のとおり、クジラのように体がでかい。ぼくがサラリーマンをしていた頃の古い友人だ。奥さんはみいちゃんといって鯨やんの半分ぐらいの大きさのかわいい感じの人だった。ぼくが訪ねるのを知って鯨やんはイキのいいカツオを一本、愛用ポンコツ車のうしろに積んでいた。仕事仲間の冗談好きの夫婦が同行。

「土佐はもう夏だから海で乾杯だあ！」

と、鯨やんはむかしのまんまのおとっつあん声で言った。

連れていってくれたのは月の名所の桂浜。土佐は夏だあ、というわりには夕方の風がつめたかった。

「そういうときは焚き火だあ！」

と、鯨やんはひと声うなり、みいちゃんはかたわらでカツオのたたきをどおーんと並べる。炎があがったところで五人揃ってビールの乾杯。「ホントの夏にまたきて下さいね」とみいちゃんが小さな声で言った。

正午に広島を発つ新幹線は客がいなかった。さしせまった原稿の仕事はなく、鞄の中には広島名物「あなご弁当」がある。

ズボンの尻のポケットにはアガサ・クリスティの未読本が一冊。いつかテレビで見た探偵ポアロのくるんとしたカイゼル髭《ひげ》が頭のむこうでチラチラする。

電車は定時にホームを出た。秋の陽ざしに遠く白く光る波のない海が見える。

五分待って、あなご弁当をひっぱりだした。まだ底のほうがほわんとあたたかいので、なんだか外の瀬戸内海のぬくもりのようだ。

もう一度鞄の中に手をつっこんで「ウヒヒヒヒヒ」のビールを一本。飲み口をあける前に弁当をひらき、中の確認。

「アナゴよおし、ビールよおし！」と、鉄道員の指差し確認のようなことをひそかに素早く行って、〈超特急しあわせのひるさがり号〉の熱き開幕——なのであります。

外国旅行から帰ってきた。

成田空港から家に電話を入れる。

「そうだなあ、冷や奴と干物の魚がいいなあ。それとあついお風呂と、もうひとつつめたいつめたい……」

「わかっていますよ」

と、妻は言った。

武蔵野にある家までまっしぐらに帰っても二、三時間はいつもかかる。久しぶりに眺めるウォーターフロントエリアの灯のつらなりが美しい。

体の中にまだ草原の国の風のにおいが残っている。目をつぶってじっとすると羊や馬の啼く声も聞こえてくるようだ。

出迎えた妻とふたことみことの言葉の後にま

ずはあついあついお風呂に入る。旅もいいが我が家の湯舟もこうしてみるとなかなかの人生のしあわせである。

はやる気持ちをおさえながら体を拭く。

冷や奴とアジの開きとつめたいつめたいビールの待っている食卓へあともう二分で到着なのだ。

念願のライカM6を手に入れたのでうれしくてたまらない。35ミリの広角レンズをつけて江戸川の中流域へ半日の撮影旅行だ。

武蔵野線三《み》郷《さと》の駅を降りて、途中で海苔二段重ねコロッケ弁当を買った。隣の酒屋でビールを二本。

そのあたりは広い河原が続いていてあまり人の姿は見あたらなかった。とりあえず鉄橋を渡るトラックの列を遠くからパチリ。晴れあがった空の下で空気がなんだかふくらんでいる。草を刈ったばかりの野球場を横切って、ようやく川面の見えるところに出た。なんの工場だかわからないけれど、目の前に細長いエントツが一本、煙がほこほこと垂直にあがっている。風がまったくとまっているのだ。ぼくはTシャツ一枚になって、こらえきれずに海苔・コロッケ弁当を膝の上にひらく。ビールを目の高さにもちあげてエントツと乾杯だ。写真はこのあとじっくり勝負ですからねと、小声で静かに大宣言。

沖縄の居酒屋で沢山の古い友人たちと再会した。美人のサキちゃんとは二年ぶりで、二年前は独身だったのに、いきなり人妻となってあらわれた。そばに感じのいい旦那さんの笑顔があって、サキちゃんはしあわせそうだった。サキちゃんのあだ名は単純しごくのビール娘で、まったくじっさいとにかくビールが大好きで、ぼくと十分ビール飲みくらべだってできるのだった。

でもその日、サキちゃんは旦那さんと同じ泡盛のお湯割りを飲んでいた。

ぼくはふいに「亭主の好きな赤烏帽子《あかえぼし》」というコトバを思いだし、陽気に笑ってサキちゃんの目の前にビールの缶をひらひらさせた。サキちゃんは少々困った顔をして「うーむ」と口を一文字に引き結んだ。でも目がすっかり笑っていた。数秒後、サキちゃんも旦那さんのむこうでビールの缶をプチンとあけて、空中ひらりの静かな乾杯にこたえてくれた。

夏のおわりに妻と安曇野《あずみの》へでかけた。以前五月に一度歩いたことがある。このあたりはクルマでせわしなく走り回るより、自転車でくねくねと田んぼ沿いの道にやさしく入りこんでいったほうがなにかと面白い。五月のときの悔しい教訓を思いだし、ぼくは小さな秘密のスグレモノをレンタル自転車の荷台にくくりつけた。妻はやたらにツバの広い帽子をかぶり、なにやらやっぱり秘密の勝負モノを持ってきたぞと笑っている。

夏のなごりのすっきりと輪郭のあざやかな雲が走り、風が頭の上で踊っていた。このあたりは田んぼのまわりのいたるところに沢山のつめたい細流が走っている。ワレモコウがそんな流れの縁で「どうですきっぱりと渋い秋の赤でしょう」と細い枝をりんとつきだしている。流れの音の聞こえる中で、ぼくは自転車の荷台にくくりつけた小型クーラーをあけて、こっちもきっぱりつめたいビールを取りだした。妻は好物のキュウリと銀紙の中の持参の味噌をひっぱりだした。さあサヨナラ夏へ、ビールとキュウリの乾杯だ。

空

港から島の港に着くまでの間に雲が切れ青空がひろがった。雲はひゅるひゅると風にのって島のさらに西のむこうに流れていくようだった。

「そうか、するとこれは東の風・風力3だ」と、ぼくはうれしくなって聞いたふうなことを言った。

港から〝うなばら1号〟という古ぼけた連絡船にのって、珊瑚に囲まれたもっと小さな島に行くのだ。妻は日やけを恐れてメキシコ人がかぶるようなおそろしくツバの広い帽子をかぶり「ああ海の風がもう塩からいです」とすこし困ったような声で言った。

塩からいのではなくて塩くさいの間違いだろう、と思ったけれど、ぼくはだまっていた。連絡船が思いがけないくらい大きな音をたてて走りだし、妻がバケツ型のバッグの中からキップ売場の近くで買ったビールを出したからだ。船が走りだし、さっきよりもぐんと強くなった塩からい海の風の中でビールがごんごんと渇いたのどを通りぬける。

家族四人が久しぶりにみんな揃った。旅行の多い両親とゼミやアルバイトで忙しい二人の子供と——。

妻がこのところよく行く中国ハルビン仕込みの本格的水餃子づくりを提案した。

「うまさの基本は手打ちの皮づくりからよ！」

「食べたい人は手伝うべし！」

息子だけややひるんだが、やがて観念して専用麺棒を握った。手打ちの皮はなかなか均等に丸くひろがらない。

「一度こういう超細長餃子を食ってみたかったのだ」

ぼくは見苦しく言いわけを述べる。百十六枚の皮ができた。これに具をのせて包むのがまた大騒動。まわりのヒダヒダは妻しかつくれない。しかしこれを茹でてしまえば超細長もヒダヒダなしもなんのその。からし醤油でつるつる喉に入ってくる。

三個食べたら冷たいビールをぐびりぐびり。おいしく飲んでは餃子をつるつる。働かざるものくらべからず。ああ人生のこれもクライマックスのひとつなのだ。

土曜の午後に八丈島帰りの友人が二人、巨大なバショウイカを持ってやってきた。藍ヶ江の突堤で釣ったのだという。ウマヅラハギも数尾ずしりと、氷で重いクーラーボックスの中に入っていた。

「おお、こいつは素晴らしい！　妻よ素早く包丁を研げ！」

と、ぼくは叫ぶようにして言った。

イカは刺身と醤油のつけ焼きに。ウマヅラハギは、肝もうまいが身もうまいのだ。

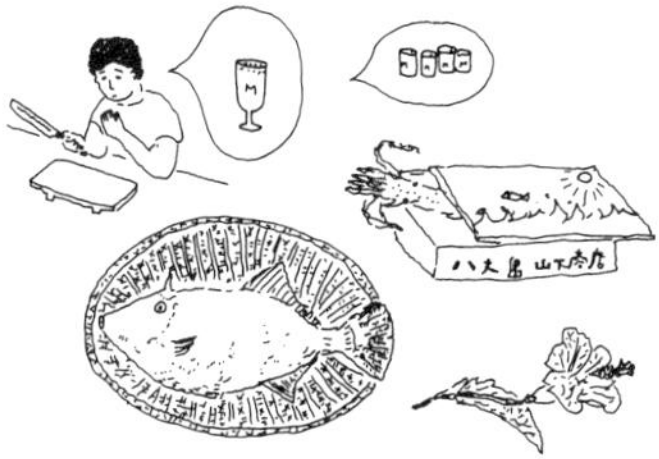

「よくぞ持って帰ってきてくれた！」

ぼくは二人の友人に早くシャワーで汗を流すように言い、妻と獲物のさばきにかかった。大皿二枚をいっぱいにしたところで「あっ！」とぼくは叫んだ。どうもコーフンしているらしく、その日は叫んでばかりいる。

「アレは、アレは、冷えていたっけ……」

ぼくは右手の人差し指をつきだした。大丈夫大丈夫、というように、妻はおもむろにかたわらの冷蔵庫をあける。ぎらりと並んだビールが大丈夫ですよと笑っている。

夏のおわりに神島《かみしま》に行った。三重県の伊良湖《いらご》水道の真ん中へんにぽかりと浮かんで三角錐型の山をもつ小さな島だ。

中学生の頃、仲間たちと探検隊ごっこでこの島に来たことがある。港からすぐジグザグにのぼる道に記憶があった。急な坂でそこを大汗をかきながらどすどすと力をこめてのぼっていくのだ。

切り通しを抜けるとそのむこうに広い海がひろがるのも昔のままだった。海からの風が切り通しを抜けてぶわんぶわんと踊るようにして吹きつけてくる。汗の流れる体に気持ちがいいったらないのだ。前に来たときはここでみんなして水筒の水を飲んだ。

「よおし、むかしとおんなじだ！　でもひとつだけちがう」

ぼくは満足して明るくそうつぶやき、背負いバッグの中の小型クーラーボックスから、かねて仕込みのビールをひっぱりだす。ぐびりごくりとそいつを飲んで、人生のやさしい風に改めて乾杯だ。

オーストラリアを自転車でひと回りしていた友人が、岩のような顔になって帰ってきた。数十年前、高校生のぼくと一緒に房総半島を自転車で一周したことのあるなつかしい友人だ。暖冬異変ではあったけれど、そいつは日本の冬の風がしみじみなつかしそうだった。

海や川でよくキャンプ旅をする仲間と新宿のマンションの小部屋に集まり、焼肉のビアパーティをひらいた。

「トカゲを食べたよ」と、自転車男は黒い顔をくしゃりと笑いに歪めながら言った。「トカゲはトリのささみのようでけっこううまかった。ショー油があればもっとうまかったろうがな……」

「むかしぼくと房総をひと回りしたときはウニをショー油で食ったなぁ。あのときの味をまだおぼ

えているよ」と、ぼくは懐かしさの中で言った。

「あのときも、そしてトカゲのときも、ビールがあれば黄金の味だったがなぁ」。自転車の友人とぼくは大いに頷き、それからビールでしみじみごくごくと旅人生の乾杯だ！

列車の旅に一番似合うものは、なんといってもビールと弁当であります。お銚子に湯豆腐というのも組み合わせとしてはいいが、列車には似合わない。ラオチューに八宝菜などというのも迫力がありますが、あとかたづけが大変です。

その日ぼくはビールのデカ缶とデラックス幕の内弁当九百六十円というのを大事にたずさえて名古屋駅から夜更けの新幹線にのりました。

乗客はまばらで、ほとんどが寝ているらしく見事に静まりかえっています。だからビールのプルトップを引く乾いた音も気がひけるくらいでありましたが、東京までの二時間ぴたり、至福の時間のはじまりはじまりの貴重な合図の音なのです。

なにがどうなってデラックスなのかわかりませんが、幕の内弁当の小さくわけられたおかずの数々が夜更けの列車の一人宴会男にはじつにしみじみとやさしい色どりをみせています。ビールと旅と弁当は男のひとつの満足の形なのです。

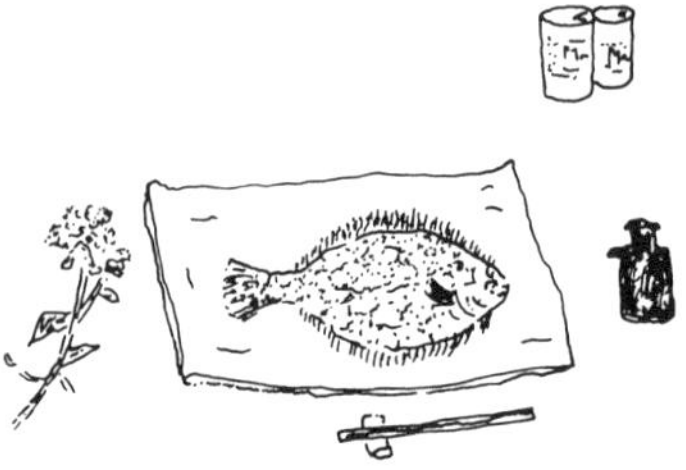

房総へ釣りにでかけた。早朝四時に家を出て高速道路をまっしぐら。夜明けと同時に竿を出して、沖から吹きおろしてくるような風の中のヒトとなった。

浜に寄せてくる波の背が朝の斜光にしっかり〝赤銀色〟に輝いたとき、おおなんというよろこびの竿の先のフルエであるか。めざす鰈《カレイ》があがってきた。ざっと二三センチ。三五センチと言いたいところだが、きっちり計ってみたら一八センチかもしれない。

けれどともかくさいさきがいい。これはもしかするとクーラーボックスいっぱいになってしまうかもしれない、などとヨコシマなことを考えてしまったのが敗因だろうか。

一日かけて三匹の鰈を積んで午後の房総を帰る。途中で間引きされて捨てられていた道ばたの菜の花をひとかかえほども車に積んだ。

食卓に房総の春を飾り、鰈を煮つけてビールを飲むのだ。はやるこころをしずかに抑えて湾岸道路をひたすら西へ。

その日は朝からよく晴れあがり、ラジオは平年より七度か八度も気温が上がるでしょう、とうれしそうに言っていた。

ゆうべ遅くまで仕事をしていたので起きたのは十時すぎだった。二階へ上がるとベランダ中に布団が干してあり、そこだけでは干し場が足りなかったらしく、屋根の上にゴザを敷き、その上にも布団が並べられていた。子供の頃、母親がよく同じことをやっていたのを思いだし、女の歴史はどこかできちんと受けつがれているのだな、とすこし感心した。

昼すぎに、妻の目を盗み、ぼくはその屋根の上の布団に寝ころがった。太陽があおむけになった顔の正面にあり「どうだい！」とかなり得意げにぼくに話しかけた。

ぼくは上半身をおこし、隠しもってきたビールの缶を空中にかかげて「どーだい！」と太陽に言った。それからぐびりとつめたいやつをひと口飲んだ。

永い旅に出かけるので書きためておく原稿仕事がものすごい。とくに一番の強敵は一年間続いている新聞小説だ。残り一・五ヵ月分を、最後まで書きあげねばならない。一年間のうちにあっちこっちに出没した種々雑多な登場人物や事件エピソードの数々をこの終章で再整理、大団円にもっていかねばならない。犬の散歩以外は外出禁止令をおのれに課し、夕食時のビールも三日間涙の中断。

だから作家などハタでいわれるほど楽な稼業じゃないんだよう……と夜更けに悲痛に唸りつつ、ごしごしごしとひたすら原稿用紙にヨレヨレ文字を書きつけていく。

勝負は予定より半日早く、土曜の正午に見事に決着。おれだっておれだって、やるときゃやる、といっただろう！　と無人のわが家にやかましく吠えた。

書きあげた原稿の束を冬の陽ざしの真ん中に置いて、「日中だけどもとくべつに許す！」と小さくやさしく叫びながら、ウイニングビールのぐびぐび飲みなのだあ！

明け方の三時半に仕事が終わった。昼からずっと書き続けていた原稿である。机の上にぶ厚い原稿用紙の束を重ねて両手でそっくり持ち上げる。

ばさりばさりとそいつをたばね、机の上にどすんどすんと底を揃えてみる。

ばさりばさり、どすんどすん。

永いたたかいが終わったあとの、至福の音だ。夏の夜明けは早い。窓をあけてひやりとつめたい大気を部屋の中に入れる。

あとどのくらいで太陽が昇ってくるのだろうか。すこし気持ちをあせらせながら、ぼくは階下におりてあつい シャワーをあびる。ゆうべからさんざんかきむしった髪の毛をすっかり洗い、バリリと小気味よく乾いたタオルで全身を拭う。

それから冷蔵庫の中のビールを握って素早く静かに仕事部屋に戻る。窓からみえる夜のふちがさっきよりもいくらか白くなったようだ。よろこびの黎明を肴に、静かに充実した、夜明けの〝やさしい乾杯〟だ。

博多発三時十五分の急行列車はすいていた。長崎まで二時間。考えてみるとこの路線を行くのははじめてである。グリーン車には座席ごとにスリッパが一足ずつ置いてあって、もう必然的に素早く足もとからなごんでしまう、という具合なのだ。

ホテルで聞いたラジオは南からの低気圧がやってくる——と言っていた。夕暮にはまだいくらか間のある曖昧色の空に雲がごんごんはやい速度で走っている。

ぼくは博多駅のホームで買った、なんと二十四個入りのシューマイの「どうだまいったか」的包みをあけ、「はい、たしかにまいりました！」とひそかにつぶやく。

ショー油にたっぷり芥子《からし》をといて、割りバシをプチンとひらいてオツマミも準備すべて完了。このまま低気圧がどんどん進み、終着駅に着いたとき、長崎は今日も雨だったらいいけどな、などとその次につぶやきつつ、旅ゆく愛と哀しみの（つもりの）男は、ビールの缶をプチンと怠惰にあけるのだ。

犬のガクとモリを連れて山梨県の小さな山の中に行った。ジープのうしろに乗せた二匹の犬は、左右の窓からそれぞれ顔を出し、山のつめたい風を嗅いでいた。

村道のはじにジープをとめて犬を放し、塩山《えんざん》の駅で待ちあわせた古尾のじいさまとナラタケモドキの群生地をさがして歩いた。

三十分後に倒木の裏から見事に大量のキノコ群を発見した。二人でざっと四キロ強。そのまま古尾のじいさまの家に行ってキノコ鍋をこしらえた。

犬はじいさまの家の納屋で仲よくすごすことになっている。

「昔はよう、ここに猪の肉を入れておったがよう」と古尾のじいさまはなつかしそうに言った。

ぐつぐつ煮えてきた鍋を真ん中に、賢く冷えたビールを二人で目の高さまで持ちあげてグフフフフフの静かな乾杯。明日の犬の朝食はきちっと冷えたキノコ汁ぶっかけめしの豪華版だ。

八丈島で漁師をやっている和さんから暮れに大きな伊勢海老が届いた。ヒゲまで入れるとなんとなんと七五センチものでっかさだ。新聞紙にくるまれダンボール箱の中に入っていたが、取りだすとまだまだ元気に全身を動かし、ギシギシと伊勢海老語で何事か言った。

新年に大皿に乗って食卓に登場。まっ赤に茹であがった八丈島の主《アルジ》のようなそいつを眺めてほど冷えのビールでまず乾杯。今年は息子がニュージーランドへ行っているので、わが家でもっとも海老好きのライバルがいないからぼくは落ち着いたものだ。もっともあまり落ち着けるのも少々さびしい。

こたつに入ってほど冷えのビールを飲み、まだあつい海老に箸を入れる。八丈島の海の気配が鼻先にひろがる。今年は二年ぶりに時間を見つけて、あの青すぎる空と白すぎる波頭の海へ絶対行こう。

なんだか嬉しくなってもう一本追加のビールだ。

学生時代の旧い友人が二人やってきた。

十年以上も会っていない旧い友人と自宅で飲むのは珍しい。

K君は薬品会社に勤めていて、永いことドイツにいた。おみやげはフタつきのビールのジョッキだった。

「君はビールが一番好きなんだってなあ、週刊誌で読んでいたよ」

K君はそう言って笑った。昔と変わらないように思えるがやはり、四十六歳の男の顔だ。

もう一人のH君は簡易スーパーの二代目経営者だ。髪の毛が半分ほど少なくなりすっかり如才ない経営者の顔になっている。ぼくの顔を指さし、「こいつはビールのCMもやっていたのさ、よく売らせてもらったよ」H君はそう言ってぐわぐわと景気よく笑った。

K君のもってきたフタつきの豪華なジョッキにビールをそそいで人生の乾杯！　その日は十二時までごんごん飲んで、ひさしぶりに三人平等に酔っていった。

ぼくの仕事場は三階にある。住宅地の三階だけど、見はらしはけっこういい。仕事につかれたとき、机の上に足を投げだし、両手を頭のうしろに組んで窓の外を眺める。夏の雲が斜光を正面から受けてすこし赤く染まりはじめている。

いつか、どこかの辺境地で見たような、少々物問いたげでケダルイ一日のおわりの色だ。あれはいったいどこの街で見た夕方の色なのだろうか——。もう二度とその地に行くこともないのだろうけれど……。

なんだかふいにひっそりとノスタルジックになって、仕事場の隅に置いてある小型冷蔵庫からビールをひっぱりだす。

するとどうだ。ほんのすこし目を離しただけなのに、雲の赤染め色はさらに濃くなって、一人で眺めているのはもったいないような夏の日暮れの女色です。

今日はなんだか意味なくやるせない、つめたいビールをひとくち飲んだ。こんなビールの味のする日もあるのだなあ。

アフリカのキリマンジャロへ行くので、このところぼくはハードトレーニングの日々だ。家にいるときは夕方近所の公園の四〇〇メートルトラックを「なんのなんの」と走って回る。目標周回が近づいてくる頃は全身汗とあつい荒息のはあはあはあはあはあはあのヒトとなっている。キリマンジャロは約六〇〇〇メートル。そんなに高い山へ登るのは生まれてはじめてのことである。

もうすっかり暗くなった道を、汗をだらだら流しながら「まあとにかくも本日もきっちりノルマは果しましたぜ」と、まだいくらか荒い息でつぶやきながら家路をいそぐ。

シャワーを浴びて、頭から足の先まですっかりと汗を流し、心はいつの間にか、アフリカの白い雪のいただきからテーブルの上のつめたいつめたいビールにむかう。小さな冷気のつぶつぶがビールの缶の表面にうかんでいる。

さあいよいよ、テーブルの上のしあわせにどすんどすんとやみくもに接近していくのだ。

夏のおわりにアフリカに行ったら、日本の夏よりもっと暑い夏の日々があった。ぼくは嬉しくなって「もう一度夏だ夏だ！」と言いながら熱心にアフリカ中を歩き回った。

帰ってきたらいきなり紅葉と、晴れときどきつめたい風の日本の正しい秋だった。成田空港から家に電話した。「イモと豆と肉の毎日だった。ミルクの味のブタ肉など十五、六年は見たくない。わかっておるな……」と、ぼくは妻に言った。

家に帰ると犬が「くふくふ」笑った。あついシャワーをあび、洗ったばかりの髪をごしごしタオルでこする。テーブルの上にホーレン草のおひたしがあった。冷や奴にぱりぱりの海苔があった。焼きたてでまだじゅわじゅわいっているアジの開きがあった。

ビールのプルトップをひいて把手つきのグラスにたっぷりそそぐ、白いこまかい泡と一緒にやさしくなつかしいやすらぎの味を熱風灼けの全身にそそぐのだ。

駅まで送ってくれた人は半年あまり共同で仕事をしていた女性でまだ若く美しかった。

前の日にその仕事は終わり、スタッフ一同でカンパイした。仕事はうまく運んでいきそうだった。そうして翌朝新幹線のホームにくると、その女性が一人で立っていたのだった。手に白い紙袋をもっていた。

「お弁当と、これまでの私たちの仕事の公式記録と、それとビッグプレゼントです。列車に乗ってからあけて見てくださいい！」と彼女はすこし笑いながらそう言った。

駅でとまっている列車をいつまでも見送られる、というのは気苦労なものだがその女性は冷淡なほどにすぐに帰っていった。座席にすわって袋をあけると、仕事の書類と弁当と、そしてよく冷えたビールが二本出てきた。すぐに去っていった女性のさわやかな笑顔が胸にぐわりときた。もうすこし自分が若かったら、恋のはじまりとなるのかもしれないな、と甘いことを考えながら、つめたいビールをぐわりと飲んだ。

飯盛山《めしもりやま》

その名の通り遠くから見るとドンブリに飯を大きくテンコ盛りにしたように見える気分のやさしい草の山だ。

十三年前にやってきたときは家族五人連れだった。そのとき一番下の五歳の息子と手をつなぎ、やっとどうにか頂上まで登ってきたおばあちゃんはもういない。

頂上に座り、お尻の下のその山と同じような恰好をした海苔むすびを嬉しそうにぱくついていた二人の子供も、それぞれ自分のスケジュールが忙しくていまはそこにはいない。

時おり初夏の気配はあるが、吹きわたる風はまだつめたい。

十三年前と違って、すぐ近くの山荘まで車で入ってこられるので昔のように息はそんなに荒くない。そこにゆるゆると一泊の旅だ。

いろんなものが変わっていくけれど、山の上のビールのうまさは二千年の未来まで変わるものじゃあないのだよ、とぼくは思わず一人でつぶやきながら、飯盛山のてっぺんでビールをぐおんと笑って飲んだのだ。

全日本ビールを冷やす方法コンテストというのをやったらどんなものが上位に入るだろうか。

木陰の谷川の清流に一日中冷やしておく、などというのは単純ながらもっとも正統的強物《つわもの》タイプという気がする。同じ二～三度でも、冷蔵庫で力まかせに冷やすのより、水の流れでじわじわ冷やす二～三度の方がどうも数段うまいような気がする。

庭のつるべ井戸の底に、スイカといっしょに放りこんで冷やしておく、というのも心ときめく作戦だが、いまはもうその井戸がない。庭だってなかなかな～い。

水で濡らしたタオルで缶ビールをつつみ、太陽の下に置いておくと、気化熱でカキンと冷えてしまうという説を聞いた。

間もなくぼくはタクラマカン砂漠に出発する。

一ヵ月の横断の旅が終わった日のために、ザックの底にとっておきの缶ビールとタオルを一本ひそかに用意しておくのだ。

世間より一ヵ月か二ヵ月ほどシーズン遅れの運動会をひらいた。行きつけの飲み屋が四店協同し、そこの常連客などが家族連れで集まり、互いに日頃の運動不足スタミナ不足ビタミン不足を競いあう、という愛と感動と疲労の私設大ページェントなのだ

会場の公園運動場にはなんと昔なつかしい万国旗が風にはためいていた。主催者の地下酒房のマスター太田さんに聞いたら、一連の運動会用品をそっくり貸してくれる便利屋があるのだという。参加総人員二百三十名。酒場でいつもヨレヨレの状態であう顔だけ知ってるけど名前も知らない何人かが今日は別人のように白いトレパンでキリリとしている。

大タマコロガシリレーと、なつかしいスプーン競走にぼくは燃えた。昼は店のグループごとに万国旗の下でのりまき、いなりずしの弁当だった。なつかしい子供の時分の運動会とひとつだけちがうのは、かたわらの力強い冷えたビールの一群。もう初冬で風はつめたいが、燃えた体にこいつはしみじみと力になる午後への闘魂エネルギー源なのだ。

週にいっぺんサウナに入り、全身から汗をしぼり出す。サウナの中は退屈なので腕をのばして汗が出てくるところを眺めていたら、汗というのはいきなり「ぷくん」ととび出てくるのですね。「あついあついもうだめだぷくん！」という感じで肌から突然出てくるものだから、そのあわてぶりに笑ってしまった。

熱気の中であつい息をつき、さらに汗をだらだら流しつづけて「えーいあついあついもはやここまででごぜいますだ……」と頭をさげてついにサウナの外に出てくる。

サウナから出たらなんといってもあつーいあつーいぜんざいかあまざけでごぜいますねえーなどという人は生涯遠ざけ、のどをかきむしりつつテーブルの上の、つめたーいつめたーいつめたーいつめたーいもひとつおまけにつめたーいビールにむかって、一歩一歩すすんでいくとき、ぼくはとっても素直に激しくやさしくオトコのしあわせというものを感じてしまうのであります。

季節はずれのカミナリが暴れた。夜半からたっぷり三時間。激しい雷鳴と雨の音の中で、停電になってもいいようにベッドに入ってなぜかすこし胸をはずませながら、ミステリーを読んだ。電気は消えなかったが、いつの間にかそのまま寝入ってしまった。

事件の発生は翌日判明した。庭のフェンスの中で飼っている愛犬ガクの姿が見えないのだ。あわてて自転車で近所中を探し歩いたが、まったく手がかりは得られなかった。思えばやつも地震カミナリ火事親父に弱かったのか……などという冗談も初日だけ。二日、三日と帰ってこないので、いよいよ心配になってきた。利巧な犬だが都会のジャングルである。「もしや」の不安が次第にふくれてくる。

失踪四日目の夕刻、やつはいきなり荒い息を吐いて帰ってきた。

「おお！　不良ものめ！」ぼくはやつの耳をひっぱり腹をかきむしった。庭でひさしぶりにくつろぐガクを眺めながら、夕食前のビールの一人乾杯のうまいことうまいこと！

博多湾に浮かぶ志賀島《しかのしま》は少々変わった地形をしていて、陸から伸びた細長い洲によって、つながっている。つながったそれは「海の中道《なかみち》」と呼ばれ、大きくひろがる海を見ながらぐんぐん車でとばしていくと、なんだか夢かマボロシの島へ行きつくような気分になる。途中にリゾートホテルがあって、タクシーの運転手は「ここじゃないですね」と念をおした。

「終点の島まで行って下さい」と、ぼくは頼んだ。島に近くなってくると、具合のいいことに霧が切れて夕陽がぎらり。いよいよ左右に海がせまってきた。窓をあけると、汐のかおりが鼻先をつらぬいた。民宿に着くとすぐに下駄をつっかけて外に出た。右手に宿の親父から借りた釣り竿。左手に小さなクーラーボックス。釣れても釣れなくてもいいが、夕暮れまで、きっかりビールの三缶勝負だ。

八

丈島のキヨさんと和さんに会いに行った。二人とも腕のいい漁師で、もう十五年くらいのつきあいになる。その日和さんは五〇マイル先でカジキマグロ、キヨさんは近場のメジナ漁に出ていた。午後おそくいつもの港で再会の握手。

「来るのがわかってたら何か強引にひっかけてきたのにい」。その日獲物のなかった和さんは尻上がりになる土地の喋り方で残念そうに言った。しかし、キヨさんは五〇センチ級のメジナが十一枚。さっそくクサヤとトコブシを焼いてメジナの刺身をこしらえる。

この島ではワサビはつかわずヤクミは青唐辛子をつかう。メジナはいまが産卵の時期で白子がとれる。こいつをピリ辛のショー油につけひと口やるとたまらない。

即座にビールでまずは久しぶりの乾杯である。焚き火が燃えてやがて島名物「しょめ節」がはじまるまでボツリボツリと海の話がつづくのだ。

ひとつの季節が終わっていくときに静かにやさしく似合う食べもの……というものがある。ぼくは窓辺にたたずみ、深いため息とともに、そのあやうい風と光のうつろいの中で、キムチなべにあつい想いをよせる。

キムチなべは簡単である。なべの中にキムチと糸コンニャクを投入。両者がぐつぐつ煮えてきたところにトーフがするりとその白い裸身をおどらせる。間もなく全員揃ってごぼごぼいってきたらもう完成なのだ。

ぼくはこの秋「えーい」とひと声叫び、ここに大胆にも怪しく美しい九州長崎産のメンタイコを投入してしまった。異国の辛さが小さななべの中で激しく身を寄せおどりあがり、のどとからだをいちずにあつく燃えあがらせる。あああついあつい。からいからい。からいけれどしかしうまい。うまいけれどしかしからい。

ぼくはかりかりとのどをかきむしり、「妻よビールだ。ビールをここに持て」と叫ぶ。

返事はない。そうだ、妻は旅に出ているのだ。

アメリカの友人から巨大なハンモックを送ってもらった。ハガネよりも強い、というフレコミの、超薄細ロープで縦横に編んであり、両端に頑丈なパイプが二本。空中ダブルベッド分のスペースがあるそうだ。

そいつを持って犬と一緒に多摩の奥、秋川渓谷へ行った。朝から太陽がぎらぎらと「久しぶりに真剣に勝負したるでえ！」と、なぜか関西弁でタンカをきりつつ熱戦攻撃をしかけている。河原沿いの具合のよさそうな場所を見つけるのに一時間、ハンモックを張り終えるのに一時間。結構思ったよりも大変なのだ。大きく枝を伸ばしたトチノキの下の、地上二・五メートルのところに、ようやくわが空中ゆらゆら悦楽ヒルネ装置が完成した。あっちこっちの木に登ったりおりたりで汗だらけの体にエイヤッとつめたいつめたいビールの缶だ。早くも鋭い予感に喉が軋む。そっちがそうなら——と犬は谷川のせせらぎに走る。午後三時まででたっぷり四時間のわが空中ビールタイムのはじまりだあ。

高知の四万十川にやってきたのは三度目だった。来るたびに晴れていた。

晴れあがった川面の上を時おり強い風がぎゅるんと走り、岸辺まで覆い繁った樹々の葉をひらりと白く踊らせる。沈下橋からたらした釣り竿はさっきからピクリとも動かない。

「一匹釣れたらビールの解禁」

という心のうちのトリキメが風の中でわらわら揺れる。太陽はもうじき頂点にさしかかってくるのだろう。ぜいたくにまんべんなくふりそそぐ正午近くの陽光が流れにぎらりと反射して「そろそろビールをどうだどうだ！」とまたけしかける。

ぼくは獲物のこない釣り竿をぶるんとふるわせて、「いい日、いい風、飲まねばならぬ！」と叫びつつ、かたわらのクーラーボックスからついに悪女のビールをひっぱりだす。

キャンプの朝に飲む野ざらしの缶ビールがことのほかうまい、ということをおぬしらは知っておるだろうか。おぬしら――などとなぜかあやしい言葉を使ってしまったが、そんなふうに言いたくなるほどこいつがうまい。季節は夏のはじめがいい。つまり、まあ、まさしくいまでありますね。

前の晩の焚き火の酒宴で放置されたシェラカップを川で洗い、鍋の底に残っている蕗の煮つけをそいつに入れて、一夜の冷気をそっくり身にまとい、きらりとたおやかにそして毅然として冷たいビールをきゅるきゅると夜明けの喉に流しこむ。シェラカップの中の蕗をつまむ。

水面をかすめて何か素早く飛びさっていく鳥の羽根が朝のするどい光を裂いてビールが体を引きしめる。

朝のビールはふた缶まで。蕗のつまみと歩速をあわせて、朝食のベーコンエッグができるまで二十五分間の至福である。

晩秋と初冬のあい間の本当に微妙な季節のうつろいのなかを、博多湾に浮かぶ能古《のこ》島《しま》の完全一周出たとこ旅というもので勝負した。と、まあ言い回しはやたらに大袈裟だが、なあにひとまわりほんの数キロメートルの島をぐるりと半日気まぐれに歩いた、というだけなのだ。

けれどはじめは港のそばを次の戻りの船までちょこちょこと覗き歩きだけするつもりだったのが、いつの間にか入りこんだ道がどんどん山の中に入っていき、どこへどう出るどうなるだろう、と歩いているうちに、しだいに後戻りのできない一周ルートにはまりこんでいた、というドジなとまどいの旅であったのだ。

おかげで戻り船は二便もあとになってしまったけれど、まだ咲き残っているコスモスが午後の斜光の中に揺れているのを眺めながら、港のおみやげ屋の前でぐぐいと飲んだビールのいっぱつ喉ごし勝負に「うーむ」と唸って結局最後はしあわせでした。

駅でタクシーを待っていたら、雪が降りだしてきた。その冬雪を見るのははじめてだったから、すこし気をひきしめて、ひらひら踊る空をながめた。家に着く頃は道路も屋根もうっすらと雪化粧して、庭の二匹の犬たちも「たいへんですよたいへんですよ」とさわいでいた。

買物から帰ってきた妻が白い糸と黒い糸で編んだ同じ模様の手袋とマフラーをしているのが妙に若々しいので、ああそうかこの人も久しぶりの雪に少々こころをおどらせているのかもしれないな、と思った。

部屋の暖房をぐんときかせ、窓の外の雪を見ながらビールを飲む。こういうふうに、雪の降る夜に、あたたかい部屋でビールを飲むときはビールの国、ドイツのことを思いだす。厚い木のテーブルにグラスをおいて、思いきりちびちびとビールを飲むのさ。

日曜日に弟の子供が二人やってきた。小学三年と六年の男の子だ。二人ともしばらく見ないうちにひょろりとノッポになっている。

「こらぼーず、おとこは筋肉をつけなけりゃあいかんのだぞい！」と、ぼくはどこか出所不明の方言のようなことを言って、いつしか二対一のプロレス大勝負になっていた。数年前まで息子とチャンピオンベルトを争っていた、ちっとは技にうるさいおじさんなんだぞ！　ぼくは情け容赦なく二人をヘッドロックでねじふせ、続いて恐怖の四の字がため。起きあがったところをウエスタンラリアットだ。

兄弟チームはやがて全身まっ赤にさせてオトコ命の全力勝負を挑んできた。死闘十五分。ぼくはついに大の字ＫＯにほうむられた。

それからのそのそと生き返り、シャワーをあびて縁側に出る。妻の切ったメロンをたべる少年たちの隣で、老いた元チャンピオンはぐびりぐびりと喉をふるわせ、冷たい冷たいビールを飲む。

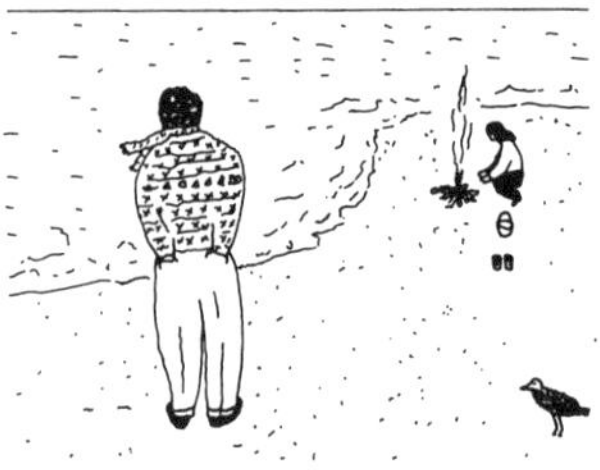

ある日わたくしは、まことに突然のことではありますが、と前おきして、突如的同好会〈冬の海を眺める会〉というものを設立してしまったのであります。けなげな入会者の妻と犬一匹を連れて、4WDワゴン車にテント一式を積み、少年の頃わたくしの育った海へむかいました。到着は午後三時、なんともう目の前の太陽は海のもやの中で赤ら顔にへたりこみ、冬の鳥が風の中で「おいちにおいちに」と困ったように数羽の仲間とはばたいておりました。

犬は熱心に浜辺をかけ回り、海のにおいをしばしば嗅いで、とりあえず気分のいい夕暮れであります。――とわたくしに報告しました。

「冬の海とたたかうためのあついあついボルシチのようなものをつくりなさい」と、わたくしは妻に申し述べ、ビールを砂の上に並べました。焚き火は激しくやさしい赤い炎を踊らせて、夜の闇にたちむかいます。

アルミニウムでできたカメラを手に入れたので、うれしくなって日曜日は朝から銀色の映像詩人なのでありまして午前十一時、早春の太陽の下で、花だいこんを撮りました。妻と犬を連れて、いつもの犬の散歩コースからずいぶん豪勢な遠出なので犬は大いによろこんでいます。

花だいこんは「諸葛菜《しょかつさい》」。わたくしの知っている数少ない識別可能な野の花です。

高層ビルに建て直すためにそのあたりの旧い家々が取り壊しになって、花だいこんはその空地に咲いていました。銀色詩人は気分がよくなってついでに名の知らない野草を十七枚も撮りました。空地の前に、以前よりもいやに目立つようになった老舗の酒屋があるものだから、芸術のあい間に当然のビール。妻よビールを二本、大地の息吹に紅潮した銀色詩人にふるまいなさい。わたくしは犬と花だいこんが奇妙に似合うことを発見し、やさしく感動しながらも、もうひとつのするどい感動にむけて、やや胸の内ふるわせながら、静かに力強くお願いしたのであります。

五年ぶりに石垣島にやってきた。

この前きたときは十二月二十七日で、その日はなんとなんと語呂あわせのようにして気温二十七度もあった。

ぼくは小学六年の息子と「おがんざき」という見晴らしのいい岩場に行って釣り竿を並べ、時おり顔を見合わせては暑いなあ、まったく暑いなあ、と同じことを何度も言い、嬉しくなって何度も笑いあった。

その息子はいま高校生で、ぼくがこの島にやってきた同じ日に一人で南九州をバイクで回っている。

あいつもとうとう一人旅をするようになったんだなあ……と、ぼくは春のおがんざきの岩棚に座ってビールを飲む。目の前の海は正午の陽ざしをそっくりそのままぎらりぎらりとはねかえし、正面に西表島が薄紫色にけぶってみえる。島の名産「たらし揚げ」がビールのキレ味によく似合う。

南九州もきちんと晴れているだろうか――。

もっともうまく春のビールを飲める場所はどんなところであろうか、ということを本日はじっくり真剣に考えていたのであります。

ぼくの友人は桜の花の舞い散る川を、カヌーの上でゆらゆら揺れながら飲むとフルエルくらいいい酔いだよ、と言います。別の友人は草のはえた山のてっぺんで背中から南の風・風力1ぐらいのに吹かれながら飲むビールは人生のヨロコビだよ、と言います。

ぼくは風のない春の海に、どすんと突き出た堤防の突端を、すいせんします。そこに釣り竿を投げだし、とくにまあ狙うものが釣れなくてもいいのだけれど半日座っている間に一匹か二匹、欲を言えば三匹か四匹針にかかる程度の午後三時——というものを思いうかべます。

思えばそういうことが、今までの人生にいくたびかありました。午後のそろそろかたむきかけた陽を正面に、クーラーの中のかりんと冷えたビールの味がぼくの弥生の季節の黄金記憶〝輝け第一位〟なのであります。

第4章

さぁ今日もグラス囲んで黄金時間

いろんなやつといろんなところで飲んだ。

酔ったり、酔っぱらったり、酔いつぶれたり……なんだ、結局みんな「酔って」いるんじゃないか、などと言ってはいけない。

ときには酒に関するウンチクなどもあったりするが、そんなものは本当はいらないんだよな。

さあ乾杯!

夜更けのコロナビール

このあいだ南九州のホテルのレストランに南米では定番のコロナがあったので、もう夜更けで、そこそこ酔っていたけれど最後にイッキにそいつを飲んで「豪快スッキリ」できるような気になり、そいつを頼んだ。

出てきたそれは小瓶の口のところいっぱいにレモンのかなり大きな切れっ端がまるで栓のように突っ込んである。南米の飲み方はラッパ飲みだからグラスはついてこないものだがそっちのほうはちゃんと南米風だけど、レモンでこんなにきっちり蓋はしなかったなあ。レモンが栓のようになっているからそれを取らないとラッパ飲みができない。とったレモンを一時置いておくような皿もない。どうすっかなあ。「すっきり」のためにはレモンの味と一緒に飲みたい。南米ではライムに塩なんかも一緒にやる。

どうすっか。

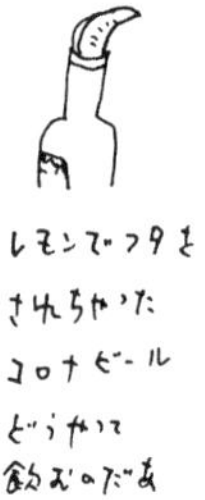
レモンでフタを
されちゃった
コロナビール
どうやって
飲むのだあ

しょうがないのでそのレモン栓をしたまま飲んだが、当然ビールはチョロチョロとしか出てこない。吸えばもっと出てくるだろうか。しかしなあ。「豪快にすっきり」の予定がなんだか赤ちゃんが哺乳瓶を飲んでいるみたいになっちゃう。カッコ悪いなあ。

しょうがないので、レモンの栓をいったんはずして、コロナをぐびぐび。それからレモンをすこし舐める、という分割方式にした。でもこれもなんか違うなあ。どうせなら最初からビールとレモンを別々に持ってきてくれればよかったのだ。下手に本場の真似するからいけないのだ。

それから、これはオノレがいけないのだが、コロナは深夜に飲むビールではない。明るい海べりの陽光のした、海風が常に流れてくるようなところで一本丸飲み。すぐにおかわり。アルコール度四・五しかないし瓶一本がグラス一杯ぐらいだからわけはない。ただし飲むピッチが早く、テラスなどで飲んでいるとウェイトレスがすぐに追加を持ってきてくれるだろうか。夜更けにいろいろ考えるビールであった。

春吹雪、ドブロクの宴

日本のサケの中で一番うまいのはドブロクだ！　と叫びたい。まあ、飲んだことがないヒトはおめえ勝手にいつまでも叫んでろ、と言うかもしれないが「ドブロクを飲む！」という強い目的意識がないとなかなか飲めないシロモノだから飲んでいない人がそういうことを言ってもしょうがないね、といまのオレは大人の対応ができるんだなあ。なかなか飲めないのは、酒税法の規制があって、そこらの居酒屋には置いていないからだ。でも探せば飲めるところはある。

ぼくは「ドブロク特区」のものをはじめ、これまで日本各地でずいぶんいろんなドブロクを飲んできた。それでまあ、関西弁ふうに言ったら「いうたらなんやけど」というやつだが、各製造元のそれぞれ違う、つまりそれぞれ味も風味も渋みも酸味も違うのを三種類くらい前にして、四、五人でゆっくり湯飲みでやる「酒宴」ほど贅沢なことはな

はらはらと サクラの下の
にごり酒

い、と思う。

ドブロクなら肴はとくに選ぶ必要はない。要するになんでもあう。味噌だけとか、梅干しだけとか、煮干しだけでも十分イケルと思う。これは不思議だ。ドブロクに神通力があって、それそのものだけで、もうなんでもいいぞ、と言っているような気がする。つまり神様のサケのような気がするのである。

いろんなシチュエーションで飲んだが、最高は、東北のある山麓。春だというのに外は積雪二メートル程度。板戸の大きな宿に吹きつけてくる雪の音がザラザラ怖いくらい。

暖房は囲炉裏だけで、あとは寝るまでにドブロクで体の内側から温めなくてはならない。囲炉裏を囲む四人の男のうち三人は土地の人だった。川魚の囲炉裏焼きの名人がいて、そのひとがゆっくり串刺しになったやつを焼いてくれる。ドブロクは、板襖をあけた零下五度ぐらいの廊下においてあって、飲むときはそこへ行って湯飲みについでくる。つぶれるまで飲んでいたが、最高の酔いだったなあ。

黄金の流木焚き火宴会

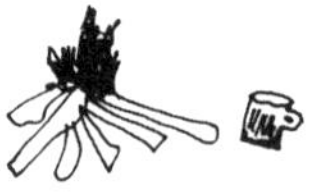

たき火酒には
金属のカップ。

わが人生、キャンプ旅が圧倒的に多い。外国の辺境地を含め、いやはやじつにいろんなところでテントで暮らした。タクラマカン砂漠や気温マイナス四十度にもなる厳冬期のシベリア横断などのときは一ヵ月以上もサケというものを飲めなかったから夜は寝て体の疲れをとるだけ、という飲んべえには地獄のような日々だった。そういう旅に比べると、日本国内の二、三泊の釣り旅などの快適さは完全に天国である。

あちこちの海岸でキャンプするが、ときおりキャンプ初心者の無意味な過労キャンプを見かける。いろんな意味でもったいないので、かぎりなくホームレスに近いキャンプ者として、口はばったいことで見てらんないので少しだけアドバイス。

あれはアウトドア雑誌やアウトドアショップに騙されているのだろうけれど、たとえ一家五人のキャンプでも欧米型のやたら込み入った巨大なファミリーテントは買わないこと。見ていると建設するのに三時間ぐらいかかっている。はじめて張る、なんていう場合は半日もかけて奮闘し、張り終わったあとは熱中症なんてことになりかねない。それで翌日はもうたたんで帰宅なんてあまりにも時間がもったいない。あれは欧米のバカンスなどで使う一週間とか半月などの長期滞在用のテントなのである。二人用か三人用の簡易テントと頑丈なタープを併用したほうが断然安く、断然便利。しかも十五分ぐらいでできちゃう。素早くくつろいでビールを飲めるというものだ。

ビールを冷やすのは釣りなどに使うハードなクーラーボックスにしたほうがいい。大量の氷を入れると家の冷蔵庫よりもすばやくガチ冷えになる。初心者のキャンプはかなりの率でバーベキューが多いが、よくU字溝を使ってバーベキューコンロがわりにしている人がいるがあれはチープすぎて悲しいからやめるように。おき火の四隅に木か石でがっちりした足場をつくり、そこに網を張った炭焼きが一番確実。バーベキューは少しずつ焼くこと。たいてい焦って半分は焦がして食えなくしているからなあ。

おんな酒。世界一の至福の一杯

世界のいろんなところを旅しているが、酒好きだから、その国へ行って最初に質問するのが、「サケあるか」だ。もちろん相手によって丁寧に聞く。しかし空港ですきあらばおれのバゲージ持って自分のクルマ（もどきもあるなあ、シクロとか自転車二台くっつけた未来の人力自動車みたいなのとか）にさっさとそれをのせてしまうやつがひしめいている。

どれをえらんでも運だけで大同小異なので好きなようにさせておくとそいつの本拠地に連れていかれ、まあいろんなレベルの宿に押し込まれる。そのへんはどうでもいいのだが、その夜寝るときに「酒はありません」などと言われるとおれは暴れたくなる。怒りの世界共通語の「ポリス」などと口走る。

ニューギニアの手前、トロブリアンド諸島でそういうことがあった。ハッタリのためにも少し過激になっていると、十五歳ぐらいの娘が二人、おずおずと花飾りのついた容器をもってきた。

状況展開と動作から見て、どうやらそれがサケらしい。日本でいうと木でつくったオタマみたいなやつで、子供みたいなおんながおれにきれいな器を渡し、それを注いでくれた。不思議なくらい崇高でピュアな味がした。

当初、甘い濃厚ソフトドリンクのようなものかと思ったが、どこか世相離れした「おんな」の酒の気配がする。おんな酒というものがあるのだ。棟梁が説明してくれた。

「あんたは運がいい」と。言葉はほとんどわからないが、やがてそれが幻のとりたての「ヤシ酒」である、ということに気がついた。

別のページ（67〜71ページ）でもう少しくわしく触れているが、これはヤシの実となる芽をひとつ犠牲にしてつくられた、いまは幻の、本来の果実酒であった。やがて確実にヤシの実になる花弁を切り、果樹と花弁の蕾の底に集まる花の液を発酵させる。素晴らしいのは人工の手は加えずに発酵させる。本物の大地と酵母が与えてくれた酒なのだった。アルコール度は五度前後あるからたいしたものだ。何もしなくても男も女もヤシに惚れて抱きついているうちに自然に五度の芳醇な酒になっているのだ。

吠え猿とカイピリーニャ

カイピリーニャというサケを知ってますか。たしかカサッシャという蒸溜酒をグラス三分の一、クラッシュドアイスと砂糖とライムを絞ったやつを入れてカクテルにし、二本平行したストローで吸い込む。通称「田舎娘」。

南米に行くとたいていコレで、ビールよりもポピュラーな感じだった。ぼくがこれにすっかりイカレたのは、アマゾンの一番奥地の町テェフェというところから二十人乗りの船に乗って、さらにその奥、つまりアマゾンのキャンプを目指したときだった。

雨季のはじまる頃で、アマゾンは日に日に増水していた。アマゾンの源流地帯はだいたいヨーロッパ全土ぐらいのエリアにかぞえきれないほどのアマゾンの上流（支流）があって、それぞれ雨季の雨をたくさん本流におくりこんでくる。

だから最終的には、通常のアマゾンの水面から一〇メートル前後水かさが増してしま

うらしい。その増水は半年も続いている。つまり半年間の洪水状態である。船で丸一日奥地に行くともう増水ははじまっていてジャングルのあちこちが水没していた。すべての動物たちは木の上に逃げている。

一番うるさいのが吠え猿で、これが常に我々の船の頭の上で嵐のように鳴いていた。これを聞きながらカイピリーニャを飲んでいた。何もやることがない日は午後から吠え猿の鳴き声のなかで、がんがん酔っていた。カイピリーニャは砂糖をいっぱい入れるので甘くて冷たくておいしいからついつい大量に飲んでしまう。

吠え猿たちは、まるでそのバカ飲みを笑うようにして大騒ぎしているのだ。川面には四メートルもあるピンクイルカがしょっちゅうザブンザブンと飛び跳ねており、そのむこうの木の枝にはナマケモノが二時間も同じ恰好をしている。

酔いが深まるとともにそいつらと祝杯をあげているような気になってきて、忘れえぬ異境の味になっていったのだ。

猿の手

ひところ南米でよく飲んでいたアグアルデンテという酒は別名「猿の手」と言われていた。南米の人がビール以外でよく飲むサケはワインとピスコだが「猿の手」はそういうお馴染みのものと違うようだった。

ぼくが好きなチリの最南端の町プンタアナレスに行くと「猿の手」があった。ぼくがよく泊まる宿はホテルモンテカルロというかなり陽気でいいかげんな名前の、日本風にいうと木賃宿で、たいして景気のよくない旅のセールスマンが長期に泊まっていて、隣が売春宿だった。

ロビー横の小さなバーが売れないセールスマンや、やはり売れない売春婦や、暇な近所の老人などの溜まり場で、そこではたいていドミノをやっていた。

ぼくも暇なときは彼らにまじって百分の一ぐらいしかわからないスペイン語でなんと

かかれらの単純なバカ話についていった。最初まったくわからなかったドミノもそこで教えてもらった。

サンチャゴからプラスチック製品のセールスに来ている男から「猿の手」をはじめて教えられ「これはあるときから急に効きだすから」とニヤニヤ笑いのなかで注いでもらった。ピスコに何か癖のある濃い酒をまぜたようで、少し薬草の匂いがしたが、それよりだいぶ以前にアブサンを飲んでいたので、それにくらべたらまだ軽い、と思った。そんなにうまいというわけでもなく、まずくもなかった。ぼくはビールと交互にそれを飲んで、百分の一しかわからない彼らのバカ話を適当に笑っていたが、親父たちがドミノに金をかけはじめ、だんだん熱くなってくるにつれて、ぼくもいつのまにか「猿の手」をけっこう飲んでいて、やがていきなり記憶がない。

翌日はかなり寝坊した。酔いが必要以上に眠りを深くしたようだった。今となっては懐かしい味で、その後南米にいくたびに探しているが再び「猿の手」には出会っていない。

悪夢のおくりもの

小便をしたくてしょうがない。ビールの飲み過ぎで溜まりに溜まっているのだ。路地があったのでこれ幸いとそこに入っていくと、むこうからカップルがやってくる。男の二人連れぐらいだったらかまわずやってしまうのだが、見知らぬ人とはいえ女がやってくる前ではやはりまずい。

そこを諦めるとすぐ近くに公園があった。よくみると公衆便所があるではないか。早く気がつけばよかった。公衆便所に到達するとなんてことだ。そこは工事中で、働いている人が沢山いる。どうしてこんな夜中まで工事をしているのだろう。

もう本当に我慢の限界だ。意識がクラクラしてくる。フラつきながらさらに歩いていくと何かの会館のようなものがあって、入り口は開いたままだった。こういうところには必ず便所があるはずだ。幸い大勢の人が何かの会合をしているようだった。関係ない

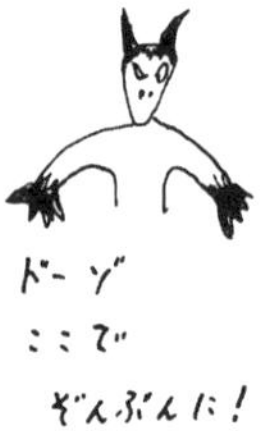

人間が入っていっても全員顔見知りということはないだろうから、自分のようなものがトイレに入っていっても誰かにとがめられる、ということもないだろう。

靴を脱いで、やれうれしや、と入っていくと、便所の入り口のところにあるスリッパがみんなびしょびしょだった。いかにも小便が大量にひっかけられているようでやや躊躇するが、もうそれしきで怯《ひる》んでいられる余裕はない。それを履いて突進すると便所の奥のほうから親父が自分のイチモツを出して小便をぐるんぐるんまき散らしながら出てきた。

そこのところで「ハッ」と目が覚めた。

いろんな夢がぼくを必死に起こそうとしていたのだ。起きて便所に行ってちゃんとそこでしろと、睡眠下の潜在意識は必死に便所工事をさせたり、濡れたスリッパや小便まきちらし親父を登場させて、最悪の事態を防御してくれていたのだ。あれらが現れなかったら、ぼくは恥ずかしくて誰にも言えない絶望の「寝小便親父」となっていたに違いない。

昭和の過激な社員旅行

二十代から三十代はじめの頃、ぼくは銀座にある小さな出版系の会社のサラリーマンだった。男ばかり三十人。ぼくも含めてみんなどこかイカレていて、すさんでいて、大酒飲みだった。

世の中にまだ「社員旅行」というものがある時代で、社員はみんなそれを心待ちにしていた。なぜなら温泉宿に泊まってありったけのタダ酒を飲めるからだった。

宿泊地に着くと、部屋割りが決まる。するとみんな部屋にある冷蔵庫に迫る。そこに入っているビールをはじめとしたアルコール類をまず「温泉前酒」などといってみんな飲んでしまう。それから各種栄養ドリンクもみんな飲む。赤まむしドリンクなどという奴だ。飲んでもしょうがないのに先を争って飲む。

それから温泉に入って、社員一同揃う宴会までのあいだにビールなどを注文しじゃん

なぜか
みんな黙って
飲んじゃう
赤まむしドリンク

じゃん飲む。だから宴会がはじまる頃にはみんなそこそこ出来上がっている。社長と専務はいつも欠席だった。なぜならみんな酔って無礼講となり、社長や専務は確実に日頃のうっぷんばらしの餌食になるからだ。

でもってみんなさらにガンガン飲む。余興というものがはじまる。まだカラオケなどない頃だったから、手拍子だけれど、うまい歌でないと手拍子はでなかった。場の空気を読めないヒトというのはいつの時代にもいるもので、両手をひろげてカンツォーネなどというものを朗々と歌うおっさんは全員に無視された。景気がいいのは民謡系で、あの頃は若い奴もけっこう民謡を知っていた。

そうして二時間もするとみんな泥酔状態となるが、まだしつこく飲む。最後に戦争帰りの総務部長が浴衣を脱いでチンポコ丸出しのマルハダカになり、大の字になって倒れる。みんなそんなの見たくないから座布団をどんどんかけて隠す。

あとで片付けにきた仲居さんが座布団の山をみつけて「なんでしょ?」なんて取りのけると親父の無残なマルハダカが発掘されるのだ。

マッコリ連続宴会のどうだどうだ

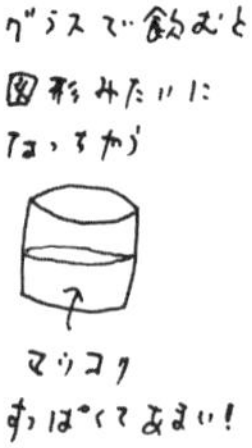

つい最近、済州島を十人の男たちと二週間かけてひとまわりする旅をした。ある本を書くための旅だったが、釣り好き、酒好きの仲間がかけつけてきて同行してくれたというわけである。安くあげるために安い民宿での雑魚寝の連続だったが同時に毎晩宴会の連続だった。自炊であるから、釣った魚やイカなどが肴にある。

韓国には二種類のビールがあるが島で作っているマッコリがうまくてもっぱらそれを飲んでいた。日本人はマッコリというが現地のヒトは「マックォロリ」というような発音をする。ビールの大瓶ぐらいのが一本九十円。アルコール濃度は五〜六度だからビール並みである。乳酸菌が入って容器の中でも常に発酵しているから、よく冷やして早く飲んだほうがうまい。ビールと同じように冷やさないと味や風味は半減する。

これを毎日よく飲んだ。ビール感覚だから一人三〜四本飲むが四本飲んでも三百六十円と非常に安い（自炊宴会だからスーパーで買ってくる。食堂で飲むともう少し高い）。

韓国でマッコリが人気なのは、彼らがよく食うものに関係しているな、と今回三回目の韓国旅でやっとわかってきた。

彼らが一番好きなのはやっぱり焼き肉や冷麵だがそれらにはかならず大量のキムチがくっついてくる。肉もたいてい辛い調味料で処理される。この辛さにマッコリはちょうどやさしく中和するのだ。「辛い国に腹にやさしい酒」。よくできたものである。

しかし乳酸菌のため飲みすぎるとお腹をこわす。便秘の人には好都合かもしれない。

毎日、夕刻になると民宿の庭にテーブルをだして気心知れた奴らと、とりあえずこのマッコリでエイヤッ！　と乾杯していたこの二週間の旅は至福であった。やわらかい酒は酔いもやわらかい。帰国して日本でマッコリを注文したらだいぶ甘く感じた。サケはやはりどんなことがあっても現地飲みが一番、ということをまたしても知った。

赤ワインは時と場所だ

ブドウ棚に囲まれての赤ワイン

ワインほどその状況で「うまさ」の違っていくサケはない。ずっと以前アフリカのキリマンジャロを登って麓のホテルに帰ったとき、気分としては冷たいビールが飲みたかった。けれどその小さなホテルにはレストランしか飲めるところはなく、しかも正式なフルコースしか受け付けてくれない。まあしょうがないと、一緒に登った日本人の友人とテーブルに着いたが、サケはワインしかないというのだ。三日かけて大きな山を登ったのだ。ここはまずつめたーいビールの乾杯といきたい。

しかしワインしかない。ぼくは百対一ぐらいの割合でワインは白より赤だ。まあしょうがない、と諦めて赤ワインを頼んだが、そのホテルはヨーロッパ文化の影響、指導をそのまま受けているから赤ワインは常温のまま出てくる。せめて冷やして貰いたい、と頼んだが「赤ワインは冷やしません」と言う。「でも冷やしてもらいたい」「冷やせませませんでした。彼らにとってはこの本場の飲み方の原則は外せません、というところだろう。

そのバーテンダーは顔を赤ワインのように真っ赤にして（キクユ族なので肌色が違って赤くなってるかどうかわからないが）一歩も譲らない。これは逆に考えると、たとえば遠いかもしれないが、日本に来た外国人が「ヤキトリは凍ったのにしてくれ」などと言っているのと同じようなニュアンスなのだろう。「まったく日本という遅れたワイン文化の国のやつらめ」という顔をしていた。

場所と時は変わってウイグルで地元の人の歌と踊りの夜があった。外のブドウ棚の下が客席である。夏だったので夜になっても熱気が残る。痩せた月が出ていた。その下でエキゾチックな歌と踊りがはじまった。

まもなく壺に入れられたワインが出てきた。自分のグラスに自分で注ぎ、となりの人に回し、壺がまた回ってくる。この赤ワインも常温だったが、それはまことにうまかった。

なつかしいカッポ酒

むかし野田《のだ》知佑《ともすけ》さんとその親友の石原さんと九州の川辺《かわべ》川をカヌーで下ったとき、キャンプ地は川原か中州だった。まだカヌーブームの来る前だったから木に布を張っただけの、まぁなんというかいつでもどこかしらから着々と水の入り込んでくる国産の「お椀のフネ」のようなカヌーであの激流を下っていくのだから、夕方、その日の野営地に上陸したときは、常に全身水びたしだった。

野田さんと石原さんは熊本の小学校の同級生で、つまりは子供の頃から遊んでいた川だからなんでも対応できた。キャンプ道具なども、いまのアウトドア雑誌などにきらびやかに紹介されているどうやって使っていいかわからないような、宇宙旅行でもできそうなハイテク高性能な道具など何もなく、家で使っているつまりは鍋釜の炊事道具をそのまま持ち出してきたようなものでめしを炊き、おかずはそこで釣った川魚や川エビを

焚き火で焼いたものがどっさり。

携行食料は「コメ」だけを濡らさないように二重三重の防水措置をしている。それともうひとつ大事なのは熊本の焼酎一升瓶二本ほど。思えばこれが燦然と輝く川下りキャンプの主役であった。

川原には沢山の孟宗竹が生えている。直径一〇センチぐらいのものもあるが、手頃なのは六センチぐらいのやつで、節を使用した「竹杯」を作る。このとき節の下の一部をもうひと節ぶん下向きの把手のようにして切り残しておき、その「竹杯」に焼酎を入れ、焚き火のまわりにその把手を突き刺して焚き火の火力に応じた角度を作る。焚き火の前に斜めに角度をつけて立てかける鮎の串焼きみたいなもんだ。「カッポ酒」という。かなりアツ燗にすると孟宗竹の内側にあるアブラが焼酎にとけて、竹の風味がぐんと増し、身も心も熱く燃えるようなサケになる。こいつを飲《や》っているうちに、いつしか濡れていた服も体も乾いて、空には月など出ているのである。

禁酒村から帰ってきて

その年、偶然だがアラスカ、カナダ、ロシアと三つの国の北極圏に行った。アラスカ、ロシアは冬だったからマイナス三十度ぐらい。カナダに行ったのは夏で、ツンドラは蚊だらけだった。煙幕のような濃厚な蚊の大群がやってくる。養蜂業者のかぶるような網帽子などで防御しないと気が狂いそうだった。おまけに白夜で夜がこない。ぼくの一人用のテントには常に千匹ぐらいの蚊がたかっていた。

蚊のせわしなく気ぜわしい羽音、鳴き声が神経を攻めてくる。ウイスキーでもあれば酔って神経をだまして寝てしまうこともできるが、そのあたりは完全なドライエリアで、法律で酒はいっさいご法度。外国人も例外ではない。

ここでの数日間のキャンプは辛かった。かといって村に戻っても食堂にサケはない。そういうときに魂と交換でつめたいビールを何杯でも飲ませよう、という悪魔がいたら

カナダのオタワにて
夢にまでみた生ビールだぁ

ぼくは躊躇なく魂を何個でも捧げていただろう。もっとも魂は人間に一人一個なんだろうけれど。

イヌイットの村が全面禁酒になったのは、彼らはサケが手に入るととにかくそれがなくなるまで全部飲んでしまうからだという。

抑制がきかない民族なのだ。酔いつぶれて三～四日倒れているぶんにはまだいい。わけがわからなくなって、猟銃（仕事柄みんな持っている）を無差別にぶっぱなしたり、自殺したりするイヌイットが相次いだ。それで政府は全面禁酒、という強引な規制をかけたのだ。だからぼくがこの村の空港に降りたとき、イヌイットが何人も寄ってきて「サケ持ってないか」と低い声で聞いた。ウイスキー一本でアザラシ一頭と交換するというのだ。そんなの貰っても困るけれど。

だから帰途、サケの飲めるオタワに着いたときは、こっちが半狂乱になっていた。

遅い時間だったが、生ビールのある店にタクシーをとばし、喜びに震える手で冷たい生ビールをたて続けに三杯飲んだ。全身の細胞がワラワラいって喜んでいるのを感じた。

宮古島とロシアの共通点

宮古島といえば「おとぅり」が有名だ。

親父が数人集まったら、これをやらないとおさまりがつかない。泡盛が主役だが、シキタリはまず挨拶をする。短い時間で意味のある気のきいた挨拶がいい。そうしてみんなでいっせいに乾杯する。飲み干すのが原則。続いて隣の人が同じように挨拶と乾杯。続いて次の人、というふうに一座の全員が飲んでいく。一回りしたらもう一回、さらにもう一回、というふうになっているからサケに弱い人には難行苦行だ。

島はクルマで移動することが多いから、酔っぱらい運転での事故が絶えなかった。警察の幹部らが集まって「おとぅり」の習慣を改めさせよう、という会議をしたが、その会議でもしまいには「おとぅり」になってしまった、という有名な話がある。「おとぅり」で鍛えられるので島の人はサケに強く、またスピーチがうまくなる。沖縄地方の結婚式などで気のきいた祝辞を述べる人がいたら宮古島出身の人と思って間違いないらしい。泡盛はアルコールが四十度前後だから最近は最初から「おとうり」用に十度ぐらいに薄めてある「おとうり」専用の一升瓶が売られている。

この宮古島の「おとうり」そっくりのことをしているのがロシアの外国人を招いたときなどの正式な宴席だ。まず最初に乾杯する人が立ち上がってスピーチをする。短くてウィットに富んでいるのが喜ばれる。そうして最後に「世界平和のために」と結んで一同乾杯をする。飲んでいるのは当然「ウオツカ」だ。ロシア人は「ウオトカ」と発音する。これも五十度近かったりするから「飲む」というより口の中にほうり投げる、というほうが正確だ。のんだらトマトをがぶり。宮古島と同じように続いて隣の人が立ち上がり、スピーチして乾杯。かならず最後は「世界平和のために」で結ぶ。ぼくはこれに参加したことがあり、最後にはぶったおれた。「ウオトカ」は腰にくるのである。世界平和よりも身の平和をまず考えたほうがいいのだ。

イブクロの内側をタワシでごしごし

(イブクロの告白)
はじめて洗って
もらいました
ごしごし

梅雨があけて、いよいよこれから本格的なビールぐびぐびの黄金時代になるのだが、あまり無邪気に「はやくこいこいグビグビの夏」などといって喜んでいるのを前に、ここではおのれを戒めるためにも「のんべえの天敵」である「二日酔い」について考えたい。この本の読者のほとんどは二日酔いを体験しているだろう。ひどいのになると「もうサケはやめた。昨夜をかぎりに二度とサケなどには近づかない！　サケのサの字も口にしたくない」などとうめきながらサケの神様にむかってひざまずき泣いて誓っている人を何人も見た。しかしたいていそういう人はまあ二日後には前と変わらず飲んでいる。

「神様への誓いはどうしました？」

「ええ。ちょっと示談にこぎつけまして執行猶予の方向で手続きしてもらいました」

などと言ってすました顔をしている。

二日酔いに効くクスリのようなものがいろいろ出ているが、本当に万人に効果のある「魔法のクスリ」にはまだお目にかかっていない。熱い風呂に入ってアセトアルデヒドを汗と一緒に全部ソトに出すといい、とか、番茶にウメボシを入れて三杯飲むといい、とか、庭に穴を掘って体を土に埋めておくといい（フグ毒にあたったときと勘違いしているようだ）などなど諸説あるがみんな怪しく、結局布団の中で悶絶しているしかなかったりする。ぼくはSF小説をかなり書いているのだが、未来の先進科学医療をもっと進めてもらって、やがていつか取り外し自由の「イブクロ」が開発されているシアワセの未来の話を何度か書いた。

二日酔いの日は体の中のイブクロをそっくり取り外し、キンチャクを裏返すようにして胃の内側のサケで爛《ただ》れた胃壁を冷たい水で丁寧によく洗い、二時間ほど「陰干し」してからまた体内に戻す。爛れきった胃は廃棄し、フレッシュスペアイブクロ「無敵」なんていうのに入れ換えることもできるようにしていただきたい。

うまいサケと場所の問題

ひさしぶりに沖縄での仕事。夜は懐かしい島の仲間と居酒屋で泡盛の乾杯になる。いつも思うのだが、泡盛は沖縄や八重山諸島で飲むのにかぎる。非常に高級かつ大衆的でおいしいお酒だが、まったく同じ銘柄のものでも東京で飲むのとぜんぜんその「うまさ」が違っているように感じる。まるで「その土地のサケはその土地で飲むべし」という世界不変の法則でもあるかのように、だ。

どうしてなんだろう、とむかしから考えていた。だいたい見当がつく。まずはサケの種類による。前にミュンヘンのオクトーバフェストのことを書いたが（42〜48ページ）、あのテントビアホールのなかの千人前後がビールをガバガバいっせいにあおるから熱気とパワーが生まれるのであって、あそこで飲むサケがお銚子に入った日本酒をお猪口《ちょこ》でぐびりぐびりではハナシが成立しない。日本酒はやはり四畳半ぐらいのところで数人の

親父が、あるいは男と女が静かに「さしつさされつ」で旨さが成立する。

いまやハイボールをはじめカクテル系のサケまで自動販売機で売られるようになったが、ドライマティーニがまだ登場していないように、カクテルもあそこまで精緻なものになると、ドライマティーニを本気で楽しむしつらえが必要だ。やや薄暗く、よく磨かれたカウンター、ひっそりとしたBGMなどといったその〝舞台装置〟が重要になる。相乗効果という言葉がふさわしくなるようだ。

あとがき

ほぼ毎日サケを飲んでいる。通常はビールだが、仲間うちの焚き火キャンプとか、なにかのイベントの打ち上げとか外国の旅でなにかの難所を越えたときなど、とりわけ気分のいいときはビールからウイスキーや焼酎などの蒸留酒系にすすみ、いつもより酔いが濃厚になる。

ありがたいことにぼくは体の構造が単純かつタフにできているようで、内臓系がいまだに丈夫で過剰な連日のサケを続けていられるのだ。両親の遺伝子とバッカスのご加護に感謝している。

ところで、これだけサケだビールだ、と騒いでいるわりに、これまでサケだけについて書いた本が一冊もなかった。いま（二〇一四年春現在）ぼくは二百四十冊の本を書いているようだが、その中でサケについて部分的に書いているものもあるが、それは体験、経緯のうちでの酒飲み話程度だ。

それで、今回、まるまる一冊、サケだけの本を出すことになった。ご覧のように主にこれまで部分的に書いてきたものをまとめた形になっている。

第1章は、二〇一三年にぼくが久しぶりに編集長となって発刊した年二回刊行の何でもありの特集雑誌（創刊号は『飲んだビールが5万本！』）に書いた世界のいろいろ変わった酒の探訪記をベースに、生まれてはじめて飲んだサケ話から、その後のことまでを再編成して追加原稿をかなり書いた。

第2章はシングルモルトウイスキーを集中して取材したウイスキー特集になっている。シングルモルトといったらスコットランドである。二回にわけてハイランド地方とヘブリディーズ諸島アイラ島に取材した話が中心になっている。もちろん日本のシングルモルトウイスキーの蒸溜所探訪もした。

第3章はビール話だ。友人のイラストレーター沢野ひとし君の絵とぼくの文章で連載したものをそっくりまとめた。余談もいいところだが、この章のゲラを校正していると、その当時のことをありありと思いだし、そのときのビールの爽快な酔いまで思いだしてシラフで校正しているのにいますぐビールが飲みたくなって困った。

第4章は『月刊たる』という酒専門雑誌に連載中の、いろんなサケがらみヨモヤマ話によって構成されている。ドブロクとかワインなどの話も、この、ぼくにとっては初のわが酒大全みたいな本に加えておきたかったからだ。

ところでこの本では、第3章の「ビール談義」以外のいたずら書き程度の絵はぜんぶぼくが描いた。なんと表紙の絵もぼくが描いているのである。とくにいろんな国での酒話は、文章を補完する役割としてはありきたりの写真よりも絵を描いたほうが面白いのではないか、と思ったからだ。当時の現場を思いだしてけっこう楽しみながら描いた。ぼくの絵は下書きいっさいなしで突然描いていく。そのほうが描いているうちに当時の現場の風景がどんどん頭に飛び出してくる、というスリリングな展開があった。

二〇一四年春

椎名　誠

「〆」のもんだい ——文庫版あとがきにかえて

はじめに「はじまりは乾杯—まえがきにかえて」と、書いてしまったので、ここではどうしたらいいんだろう、と困っているところです。はじめちゃったんだから、おわりにしなければならない。宴会では「おひらき」という締めかたがよくあります。「〆」というのもよくつかわれますな。「おわり」とか「おしまい」「最後」などと言わないように気を使っているのがよくわかる。

宴会は、おわりの時間になるにつれて酔いもいい具合に効いてきて、まだこれからなのにィ！などと思っているときに非情にもいきなりそう告げられることになっている。ときおりきく「中〆」（なかじめ）というのは「中途的なおしまい」の意味になるのだろうか。いっぺんに「おしまい」と冷たく宣言するよりも、もうじきおしまいになるからね、そろそろ心の準備をするよーに、という気づかいがはかられているのだろうか。まあいわゆるひとつの「おしまい」の予告編でしょうか。

この本を校正するために久しぶりに最初からゆっくり読んでみた。読んでいると、じつにまったくこいつ（ぼくのことですが）は意地汚くよく飲んでいますなあ。いろんなところでひっきりなしだ。

どんな状態でも飲んでいる。酒のないところでもなんとかして飲んでいる。

場所によっては唾液に含まれるアミラーゼの力を借りて発酵したやつを飲んでいる。それはニューギニアのちいさな島に「おいてけぼり」のようになっていたときのコトで、新宿の夜ではないんです。新宿とか銀座でそういうサケを欲しがっていたとしたらゆるぎないヘンタイだ。

「〆」の場合に「お手を拝借」というのがある。みんなで手を叩いて景気よくおしまいにしようじゃないか、という共犯精神ですね。でもこのとき間違えて三本〆じゃなくて「さんさん七びょうし」でいくやつがたまにいる。運動会じゃないんだから気をつけないと。

間違えないように「一本〆」という指定があったりする。

「一本締め」だ。

「よおっ！」ときて手拍子一発。ピタリとあえば気持ちがいいけれど、拍手一発、というのはやはりなにかしらものたりない。なんかあんまりキッパリしてて寂しい。

「もう五、六発！」

「いきましょうよ」

「いいじゃないですか」

「ケチ！」

「じゃせめてあと三発」

欲求不満のあくなき気持ちが会場にただよい、この「一本締め」をやりますと、もういっちょうキチンとシメルために「もう一軒いきましょうか」ということになるのですなあ。

二〇二三年春　　椎名誠

本作品は講談社より2014年5月に刊行された『酔うために地球はぐるぐるまわってる』を改題し、文庫化したものです。

椎名 誠（しいな・まこと）

1944（昭和19）年、東京生まれ。1979年、『さらば国分寺書店のオババ』でデビュー。『アド・バード』（日本SF大賞）『武装島田倉庫』などのSF作品、『わしらは怪しい探検隊』シリーズなどの紀行エッセイ、『犬の系譜』（吉川英治文学新人賞）『哀愁の町に霧が降るのだ』『岳物語』『大きな約束』などの自伝的小説、『風のかなたのひみつ島』『全日本食えば食える図鑑』『海を見にいく』など旅と食の写真エッセイと著書多数。映画『白い馬』では、日本映画批評家大賞最優秀監督賞ほかを受賞している。

最新刊は『失踪願望。』（集英社）、『出てこい海のオバケたち』（新日本出版社）、『シルクロード・楼蘭探検隊』（産業編集センター）。

趣味は焚き火キャンプ、どこか遠くへ行くこと。

公式HP「椎名 誠 旅する文学館」

http://www.shiina-tabi-bungakukan.com/

だいわ文庫

飲《の》んだら、酔《よ》うたら

著者 椎名《しいな》 誠《まこと》

二〇二三年四月一五日第一刷発行

発行者 佐藤 靖

発行所 大和《だいわ》書房

東京都文京区関口一―三三―四 〒一一二―〇〇一四

電話 〇三―三二〇三―四五一一

フォーマットデザイン 鈴木成一デザイン室

本文デザイン 青木春香（OCTAVE）

本文イラスト P166～213沢野ひとし、他すべて椎名 誠

本文写真 齋藤 浩（講談社写真部）

本文印刷 信毎書籍印刷

カバー印刷 山一印刷

製本 ナショナル製本

ISBN978-4-479-32050-0

乱丁本・落丁本はお取り替えいたします。

https://www.daiwashobo.co.jp

だいわ文庫の好評既刊

東海林さだお
ひとり酒の時間 イイネ!
笑いと共感の食のエッセイの第一人者の東海林さだお氏による、お酒をテーマにした選りすぐりのエッセイ集! 家飲みのお供に。
800円
411-1 D

東海林さだお
貧乏大好き
ビンボー恐るるに足らず
安くておいしいグルメ、青春時代の思い出の食事、高級店へのねたみなど、〝貧乏めし〟についてのエッセイを1冊にまとめました。
800円
411-6 D

東海林さだお
自炊《ソロメシ》大好き
ショージ君による、自炊や、家で食べるご飯のひと工夫をテーマにした選りすぐりのエッセイ集。B級グルメの金字塔!
800円
411-5 D

東海林さだお 著
南 伸坊 編
ことばのごちそう
東海林さだお氏のエッセイから、食べ物についての言及・描写を集めたアフォリズム集。おもしろいとこ、おいしいとこどりの一冊。
1000円
411-4 D

東海林さだお
大衆食堂に行こう
東海林さだお氏のこれまでのエッセイ作品の中から、「外食」をテーマにした選りすぐりのエッセイを1冊にまとめました。
800円
411-3 D

東海林さだお
ゴハンですよ
東海林さだお氏のこれまでのエッセイ作品の中から、「ゴハン」をテーマにした選りすぐりのエッセイを1冊にまとめました。
800円
411-2 D

*印は書き下ろし

表示価格はすべて本体価格（税別）です。本体価格は変更することがあります。

だいわ文庫の好評既刊

*小和田哲男
徳川15代の通信簿
名君・凡君・暴君、将軍達の記録を紐解くと、もう一つの日本史が見えてくる。時代考証の達人が教える「徳川家の15人」本当の面白さ。
840円 467-1 H

*永田美絵
天体のふしぎがわかる
星と星座の図鑑
カリスマ解説員がおくる四季の星座・天文現象のふしぎな話。夜空について語りたくなる神話、きれいな写真、かわいいイラスト多数!
1000円 038-J

田中修
誰かに話したくなる植物たちの秘密
人の心や体を支える植物の恵みが科学の目でわかる! 植物の生存のために作り出された物質や香り、味、色が人にもたらすものとは。
840円 471-1 C

*山脇りこ
50歳からのごきげんひとり旅
50歳で一人旅をはじめ、その楽しさの虜になった料理家が綴る旅エッセイ。おすすめプランなど、一人旅を助けるノウハウが満載!
840円 472-1 D

*保坂隆
精神科医が教える
こじらせない心の休ませ方
こうする「べき」思考、ないものねだり、確証バイアス、自己嫌悪……放っておくと、どんどんモンスター化してしまう心のお手入れ法!
800円 178-12 B

鈴木秀子
今、目の前のことに心を込めなさい
90歳のシスターが教える、心の方向を1ミリ変えるだけで幸せに満たされるシンプルな法則。
740円 464-1 D

*印は書き下ろし

表示価格はすべて本体価格(税別)です。本体価格は変更することがあります。